新　潮　文　庫

影　に　対　し　て

母をめぐる物語

遠　藤　周　作　著

新　潮　社　版

11730

目次

影に対して

母をめぐる物語

影に対して

勝呂《すぐろ》は畳に片手をついて、父の家に焼け残った古いアルバムをめくった。アルバムの黒い紙は色あせ、湿った臭《にお》いが充満していた。少年時代の彼の写真、父に撮ってもらったものである。高尾山に登った時の写真。丸坊主《まるぼうず》の彼がくたびれたような顔をして父と並んでいる。熱川《あたがわ》の海岸でうつした写真。これも父と一緒である。どの写真のなかでも、今の彼と同じ年頃の父は愛想笑いを浮かべていた。(彼は自分も写真をとられる時、この父と同じように、気の弱わそうな微笑を頬に浮かべることをふと考えた）そして、それらの写真のところどころに、あきらかに前にはそこに貼《は》りつけてあったのに、剝《は》ぎとった痕《あと》があった。糊《のり》のあとだけが灰色に乾いて残っている。彼はその写真にうつっていた人が何者か、その写真を誰が剝ぎとったのかを、もちろん、知っていた。

「おいで。稔、手を引いてあげよう」

父は勝呂の息子の手を引きながら、庭の小さな池の周りを歩いていた。うしろから勝呂の妻が義母と話をしながらついていく。日光躑躅《つつじ》の真赤な花が池のほとりに小さな炎のように燃えている。黒い地面から菖蒲《しょうぶ》が剣に似た芽を出している。

「これは鯉《こい》、金魚じゃないね。さあ稔、何匹いるかな」父は立ちどまって、稔をうしろから抱きかかえるようにして水面を覗《のぞ》きこんだ。「三匹、四匹」

自分の子供が、その父の手を握りしめているのが、勝呂には不愉快だった。理窟《りくつ》ではそういうことが理不尽だと彼はうち消そうとする。彼は眼をアルバムに落して剝ぎとられた写真のなかの人に心のなかで呟《つぶや》く。あなたは稔の顔をみずに死んだ。稔をだく悦《よろこ》びも持たなかった。稔の顔だけではなく、ぼくの妻の顔も知らない。あなたは今、この春の日曜日、嫁や孫に囲まれているあの父をどんな気持で眺めているのか。

「二匹、三匹、四匹」

「まだその岩の下にもいるぞ。かくれているぞ」

池の水面に陽炎《かげろう》のように陽が動いた。鯉が走ったのである。和服の上に手製のモンペをはいている父の満足そうな顔に照っている。焼ものや茶には、もともとこっていたのだが、勤めをやめてからは、父は着るものまで俳人風の恰好《かっこう》をするようになっていた。

「そろそろお茶にしましょう」と義母は、稔の頭をなでながら「さあ、茶の間でケーキをたべましょうね」

アルバムを持って勝呂が、納戸《なんど》のほうに行きかけると、息子が手にぶらさがってきた。

「見せて、その御本」

「アルバムね」妻もうしろから声をかけた。「その古いアルバム、私まだ見たことはないわ」

「お前の知らん写真ばかりだ。見るほどのもんじゃない」

勝呂は不機嫌にそう答えると、納戸の戸をあけて雑多なものが並んでいる一番上の棚にその写真帳をかくした。

「どうしてかくすの」

「言ったろ、見たって仕方がないと。お前には、関係がない」

彼は恨めしそうな顔をする妻に首をふった。首をふりながら、心のなかで、もう少し頭を働かせと言った。

「どうしたんだね」

稔に手を洗わせるため追ってきた父は勝呂と嫁との顔をみながら、不審そうにたずねた。

「あのアルバムですの」妻は無思慮に答えた。「この人ったら、どうしてか、あんな高いところにかくして」

父はうつむいて黙っていた。黙ったまま、稔の手をもって風呂場《ふろば》につれていった。父はそのアルバムのなかに、幾枚かの写真が剝ぎとられていることを知っていた。

「よくたべるね、稔は」

「そうなんですの。お腹《なか》をこわさないかといつも心配なんです」

「しかし、同じ年の子よりおかげでずっと大きいんじゃないか」

「お医者さまに、ほめられるんですよ」

父は爪楊枝《つまようじ》をつかって歯をほじくり、妻は息子をほめられたことに得意になってしゃべっていた。

「この人も、子供の時はこのくらい食べたんですか」と調子にのった妻は言った。

「この頃、食が細いんですのよ」

妻は自分が口に出した言葉が、父と義母とにどんな反応を与えるか気がついていない。勝呂の少年時代のことについては何も知らぬ義母の前でこんな質問を口に出すことは無神経だとも考えてもいない。勝呂は心のなかで舌打ちをした。

「なあに」父はわざと磊落《らいらく》な表情をつくって「こいつは間食ばかりしてね。いくら言いきかせても直らんものだった」

知らん顔をしながら義母は義母で稔にプディングを匙《さじ》ですくってやっていた。

「でも子供の頃はこんなに痩《や》せてなかったんでしょう」

「普通だったろうね」父は義母にそっと眼をやりながら「しかし、大学の時は、一時、肥《ふと》っていたこともあったじゃないか。食糧難の頃だったが、こいつに食べさせるためにシゲが随分買出しにいったもんだ」

大学時代の自分の写真なら、妻に見せたことがある。だが、勝呂の子供時代をうつしたアルバムは、納戸の奥にかくすようにしまわれて、長年、白い埃《ほこり》をかぶっている。勝呂のまぶたの裏にもう一度あの誰かが剝ぎとった写真の跡が——乾いた、きたない灰色の糊跡が——うかんだ。私はあなたが時折、作ってくれたホットケーキの味を憶《おぼ》えている。小学校から帰った時、あなたはそのホットケーキにドリコノをたっぷりかけて食べさせてくれた。彼は稔にプディングをすくってやっている義母の手の動きを見ながら考えた。ドリコノの味。あのキャラメルに似た味のする飲料は勝呂が子供の頃しかなかったものだ。

「有造」と父は膝《ひざ》の上に稔が落した菓子屑《くず》を丁寧にとりながら「ところで話があるんだがねえ。一寸《ちょっと》、来てくれないか」

茶の間を出て、父の書斎にはいると、昔と同じようにすべてのものが、ちゃんと整頓《せいとん》されていた。書棚には仏教訓話集や生長の家の全集が並べられ、机の上には筆立てやハンコや大きな銅の文鎮がおいてある。二十年前、彼が大学生だったころと何一つ変っていない。それは父の今日までの変化のない生活をあらわしているようである。これは父のこの書斎に新しく入ったものは「人間万事無一物」と書いた額だけである。これは父とは何の関係もないなと勝呂はうす笑いを頬にうかべた。

「それか。それはこの間、頂戴《ちょうだい》してね」

「だれの字ですか」

「衆議院の田村さんが書いてくださったのだ」

誰が父のために書こうが勝呂には興味がない。ただ彼は、人間万事無一物というような言葉が父の人生に全く無縁であることを知っていたから、少しおかしかった。

「話って何です」

「うん」父は空拭布《からぶきん》で机をふきながら「私も教職を今年やめたからね」

「経済的なほうは？」

「いや、そのほうは心配ない。前からちゃんと備えておいたから」

そうですね。父さんならそういうことは、十年も十五年も前からちゃんと準備しておかれるでしょう。あなたのこの部屋には昔、「備えあれば憂《うれい》なし」という誰かの字がかけてあった。この老人が株を買い、老後保険に入り、それから義母のために生命保険に入っていることも彼は前から知っている。

「どうも、机というものは毎日、こう欠かさずふいておかないと光らないな」父は手を動かすのをやめて呟いた。「しかし何だね。人間も同じことだ。若いうちからちゃんと磨いておかないと、年とってから手がつけられなくなるぞ。お前のような年齢の時には、一寸した欠点でも、若さのために許してくれるが、年とると話がちがう。年をとった人間はもう世のなかのために役にたたぬからね。世の中からも、きびしく当たられるようになる。ここが大事だ」

この父に少年時代から処世訓めいたこんな話を幾度、きかされたことだろう。「仏教訓話」や「生長の家全集」そういった書棚の中の本から取ってきたような話を父は勝呂にきかすように、自分の生徒たちにも聞かせてきたのである。

「実は、書きものをこの頃してみたんだがね。年とっても遊んでいてはいかん」

父は机の下から大きな紙袋をだしてみせた。

「何の書きものですか」

「李商隠《りしょういん》の伝記といったものだ」

勝呂は、父が手渡したずっしりと重い紙袋を開いた。原稿用紙でほぼ百枚ぐらいの分量である。小さな字は父の小心な性格をよくあらわしていた。書き損じもなければ、訂正したあともない。父の人生にはたった一つのことを除いて、書き損じも訂正もなかった。そんな男にものを書くなどとはどんな意味があるのだろう。

「大変だったでしょう」勝呂はうす笑いを頬にうかべた。

「いずれ本にして出したいと思っている」

「本屋のあてはあるのですか」

「そこでそれをな、お前にたのもうと思ってね」急に媚《こ》びるような笑いを父はみせ
「自分としてはまあ、A社などいいと思っている」

A社というのは一流の出版社である。無名の老人が書いたものを持ちこんで、おいそれと出版する筈《はず》はなかった。

「しかし百枚じゃ本になりませんよ。普通、本というのはね……」と勝呂は逃げようとしたが、父はそれには気づかず「もちろんこれは全体の三分の一だよ」

勝呂は不機嫌に煙草《たばこ》に火をつけた。探偵小説の翻訳家である彼は、A社などでも自分の本を出してもらいたいと考えていた。その自分ができないことを父は頼んでくる。自分には父の原稿までとてもA社に持ちこむ力などない。いや、それよりも、彼はもう二十年前のことを思いだしていた。文学部に入ることを反対して安全な人生の道を歩むようにすすめた父を。揚句の果て、彼は二年ほど家を出されて人の家にあずけられた。

八時頃、むずかり出した稔をなだめなだめ、父の家を出た。息子の手を引いている勝呂のうしろから妻はボストンバッグをぶらさげながらついてきた。

「あとで気づいたのよ。あたし」と暗い道を歩きながら彼女は不意にいった。「なぜあなたが、あのアルバムを見せなかったか。ごめんなさい。うっかりしていたの」

彼が黙っていると妻は彼に同情しているのを見せるように、

「あなたも、色々、気を使って生きてきたのねえ、あのお家で」

「お前なんかの知ったことじゃない」彼は道に唾《つば》をはいた。自分のあの家における姿勢を妻に見られたことが不愉快だった。「それより、稔の片手を引いてやれ」

「お母さま――、もちろん、あなたの死んだお母さまよ――なぜ、お父さまと別れたのかしら」

勝呂は返事をしなかった。それは彼だけの秘密だった。たとえ妻でも母の思い出のなかに立ち入ってもらいたくはなかった。

母はなぜ、父と別れたのだろうか。もちろん今の彼にはその理由が想像できる。だが、それだって推測の域を出ていないだろう。他人の心の底は、結局、だれにも摑《つか》めない以上、彼の憶測も母の本当の秘密を表面的になでるだけのものにすぎぬ。しかし、勝呂の心の中で、彼女の思い出が美化されれば美化されるだけ、彼には父にたいする軽蔑感《けいべつかん》と共に、母が去っていった理由を具体的にできるだけ突きつめたかったのである。

四年ほど前、ある用事で神戸に行ったついでに、母の故郷に思いきって足をのばしたことがあった。(まだ小さかった頃、母につれられて一度、来たそうだが、記憶にはほとんど残っていない)汽車が二分ほど停車しただけで、そのまま動きだすような小さな駅で、勝呂のほかには下車する人もあまりいなかった。黒い柵《さく》に白いコスモスが乱れ咲いたホームに秋の陽がいっぱいさしている。駅前の広場に一台のトラックが停っていた。降りることは降りたが、彼には右も左もわからなかった。

母の従兄《いとこ》の「達さん」という人がまだ、ここに住んでいることをふと思いだして、トラックの運転手にそういう家はないかと訊《たず》ねると、運転手はすぐ教えてくれた。赤とんぼが飛びまわる広場を彼は横切った。

母の従兄は、五十五、六才の町医者だったが驚いた顔で彼を迎えてくれた。午後の光のあたった庭には大きな猿すべりがあり、その幹にまだ蟬《せみ》がないていた。

「あんたの母さんか」彼は朝日を口にくわえながらうなずいた。「まだ女学校に行っとる時しか憶えとらへん」

「なんでもいい。聞かせて下さい」

「家出をした話、知っとるか」

勝呂はうすうすその話はきいていた。女学校の時からヴァイオリンを習っていた。母は卒業後、東京の上野の音楽学校に入学したい気持を持っていた。しかし両親にはげしく反対をされると、彼女はある日、突然家を出てしまった。東京の音楽学校でヴァイオリンを勉強する旅費と当分の生活費とを作るため、姫路のある家庭で女中になったのである。

「今と違うて、それはこの田舎町の噂《うわさ》になってな」達さんは煎茶《せんちゃ》を入れながら「なにしろ町の分限者の娘が女中勤めをやったんやから、あんたの母さんはその頃から変った女やったよ。ひたむきと言うか、一図《いちず》というかねえ」

「ひたむき」

「まあ、芯《しん》が強かったんやろうが」

勝呂は達さんのこの口調のなかに母にたいする懐《なつか》しさよりは、軽蔑の強いのを感じて黙った。

軽蔑でなくても達さんが、母のやり方をもてあましているような感じがした。達さんだけでなく、母の両親や兄妹もきっと同じ感情をその頃持ったのではないだろうか、彼は眼をつぶってまぶたの裏にある母の影像をたぐり寄せた。

母がむかし通ったという小学校を見た。もちろん当時は黒い木造の校舎だったろうが、今は四角く切った白いコンクリートの建物が建っている。校庭で子供たちが縄跳びをしながら遊んでいる。小学校のある山の中腹から町全体が見おろせた。戦災で焼けて当時の面影は全くないと達さんは言うが、しかし、山にかこまれたこの小さな閉じられた田舎町で、母が一生を終りたくないと考えた気持が彼にもわかるような気がした。

翻訳の原稿を風呂敷包みに入れて、妻の横を通りぬけると、彼女は稔を裸にして白い天花粉《てんかふん》の粉を腕や腋《わき》につけていた。

「五月だというのに汗疹《あせも》をつくっているのよ。大家さんのところで桃の葉をもらってこようかしら」

黙って彼は玄関の埃のたまった靴箱をあけ、底がへった靴をとりだした。底から出た釘《くぎ》が足裏をチクリと刺した。

「お出かけ」

「出版社に行ってくる」彼は不機嫌に答えた。「おい、この靴箱を掃除しておけ。中が泥と埃だらけじゃないか。それにこの靴、明日でも靴屋に持っていけよ。すっかり踵《かかと》が減っている」

「はいはい。……でも、あなたの靴はすぐ右側に減るのよ。歩き方が悪いんじゃない」妻は彼の機嫌をとるように「芯は臆病《おくびょう》な意志の弱い性格なんですって、履物がそういう減り方をする人は……」

バス道まで、釘は時々、チクリと足裏を刺した。そのたびに勝呂は顔をしかめ立ちどまった。と、なぜかさっき妻の言った「芯は臆病な性格」という言葉が心に甦《よみがえ》った。それは妻としてはたんなる無意識に冗談として言ったに違いないのに、彼にはずっしりとこたえた。六年前、まだ娘だった妻を渋谷の喫茶店につれこんで、彼はあたかも自分が人生にたいして勇気をもった青年のようなふりをしたからである。彼は妻の知らない作家たちの名をあげ、そういう文壇小説がどんなに詰らないか、そして自分はそんな作家を越えたような作品をやがて書くだろうとまで言った。その言葉に幻惑されたのか、一ヶ月後、彼女は勝呂との婚約を承知した。

だが結婚して五年……彼の小説は一度も活字にはならなかった。どの新人賞に応募しても認めてはもらえなかった。はじめ彼は選評者たちが自分の才能を理解してくれないのだと恨んだが、それが幾度も続くと、疲労の埃は彼の家の靴箱のように少しずつ溜《たま》り、小説家となろうという願いもいつか諦《あきら》めに変っていった。彼は語学だけは得意だったから、推理小説の翻訳をすれば、どうにか食っていける。その上に次第にのりかかってきた自分の姿勢を勝呂は一番知っていた。

(芯は臆病な意志の弱い性格)

あれはひょっとすると妻の批評かも知れなかった。無意識から出た言葉だが、無意識から出ただけそれは本気だと勝呂は思う。

出版社で用事をすませると彼は神田のある飲屋の二階に出かけた。一緒に小説を書こうとしている連中との定期的な集まりがそこであるのだった。彼がそこに行った時はもう五、六人が酒を飲みながら何か話をしていた。

「勝呂さん。同人費がまだ今月、未納だぜ」とAが言った。

「あッ」と勝呂は少し赤くなって「すまないけど、少し待ってくれないか。今、払っちゃうと、ここでの酒代が出せなくなるんだ」

しょうがないなとAは舌打ちをするとみんなは笑った。みんな気がいいけれど、誰一人として才能のないことを勝呂は感じながら、いつものようにAやBが文壇の流行作家たちを俗物だと罵《ののし》るのをきいていた。それは批評というよりは嫉妬《しっと》から出た悪口であることを勝呂は承知していた。

会が終るとFという男と同じ方向だったのでつれだって電車にのった。

「勝呂さん」若いFは、吊皮《つりかわ》にぶらさがって言った。「勝呂さんはこの頃書かないですね」

「書くさ」と彼は面倒臭さそうに答えた。「そのうちね」

「やっぱり、毎月、何か書いていないと。それから、文学をやるって、結局、強情じゃなきゃ駄目ですね」

窓のほうを見ながらFはぽつりと呟いた。勝呂はずっと昔――まだ結婚していない頃、自分もこのFのように気負った気持をもっていたなとぼんやり思った。その気負った気持は今の彼の心の何処《どこ》からも失《う》せて、白い埃が、結婚生活以来、少しずつ溜っている。勝呂がまだ昔の仲間とこうして細々と交際しているのは、この細い糸が全く切れれば、自分が文学を思い切るような気がするからにすぎぬ。

帰宅すると、妻は眠った稔の横でなにかをつくろっていた。

「お風呂が沸いているわよ」

裸になった彼を彼女は見上げながら、

「そっくり」と笑った。

「なにが」

「稔とあなた。少し猫背のようなところがそっくり」

彼は顔に汗をかきながら眠っている息子を見おろした。稔の体つきが自分とよく似ていることは妻に言われなくても前から知っている。勝呂の父や祖父もそういう骨格をしていて、これは遺伝的ともいうべきだった。勝呂は息子と入浴するたびに、どうにもならぬ血のつながりをそこに感じてなにか不愉快だった。稔はまだどうかわからぬが、父と自分との間には、体つきだけではなく、一寸した仕草や癖も似ているのに気がつくことがある。

「俺の歩き方をみると」彼は妻に訊ねた。「親爺《おやじ》に似ていると思わないか」

「ええ、思うわ。ほんと」

「そのほか、俺を見ていて親爺とそっくりと思うようなところはあるかい」

「そうねえ」妻は一寸、考えこむように首をかしげ「この間、お父さまが新聞をごらんになりながら指で耳をほじくっていらっしゃるのを見て、ああ、親子は争えないと思ったわ」

「なぜ」

「あなたも、よくそんなことするじゃありませんか」

学生時代から、彼は父のそんな恰好が嫌いだった。小指の爪《つめ》を父は大事そうに長く伸ばしている。その爪でうつむいて新聞を一枚一枚、丹念に読みながら耳をほじくる姿にはいかにもみみっちく、自分の無難な毎日に満足しきっている老人の雰囲気があった。自分は年をとっても、ああいう恰好はすまいと勝呂は思ってきた。しかし、妻に言われてみると、成程、自分もいつかそんな不快な癖がついてしまっているのだ。

その夜、彼は横に寝ている妻の寝息を聞きながら、自分のなかに父と母とからそれぞれゆずってもらったものがあるのではないかと思った。妻の寝息は正確で夜は静かだった。母からゆずってもらったものが何かはまだ言えないが、父から受けついだものは、わかるような気がする。猫背の姿勢や、とも角も何とかやっていける毎日に住みついてしまおうとする自分の臆病さや弱さ――あれは父ゆずりのものなのかも知れない。彼はそういう風に傾いていこうとしている自分を軽蔑し、軽蔑だけでは足りず、そんな時の父を嫌うことで抵抗しようとしていた。

「もし俺と別れるとしたら、どういう時だろう」

彼は煙草を口にくわえながら頰杖《ほおづえ》をつき妻に訊ねた。

「藪《やぶ》から棒に変な質問。別れる気なの、あなたは」

雑巾《ぞうきん》で硝子戸《ガラスど》をふきながら、妻は一寸、嫌な顔をした。妻が手を離しても硝子戸はまだガタガタと音をたてた。

「そんなつもりで言ったんじゃない。仮定の話だ」

「自信がなくなったら別れるかもしれないわね」

「自信がなくなったらというと」

「たとえば、あなたに他の女性ができて、その人のほうが立派な時。でも子供がいる以上むつかしいでしょ。女って弱いもんですもの、そうそう、たやすくは今の生活を棄《す》てられないわ」

指先から真直《まっすぐ》たちのぼる紫煙を見つめながら、彼は父のことを考えたのだ。父はいわゆる世間的には決して悪い夫ではない。理窟ではそれはわかっている。あの男がかくれて母を裏切ったことはあったろうか。あの小心な性格は、旧制高校の教師という職を失わないために、とても妻以外の女に手を出すことなどできなかった筈だ。母はいわゆる世間的な意味では父に裏切られた筈はなかった。

（だが父は別の形で母を裏切ったのだろうか）

勝呂はそっと妻のうしろ姿を窺《うかが》った。父のことを推理するには自分のなかにあるあの男の部分を拡大して考えればよかった。妻は何も知らず懸命に雑布を動かしていた。

「おい」

「なんですか」

「今みたいな生活、不満じゃないのか」

びっくりしたような眼で妻は勝呂を振りかえった。

「どうしてですか、毎日にも困るわけじゃなし」

「いや、そんなことじゃない」彼はうつむいて「むかし、俺は……」

結婚前の俺と結婚後の俺との違い、それにお前は不満ではないかと言いかけたが、それは流石《さすが》に夫の自分から口に出すのは屈辱的だった。お前は俺が根性のある男になると思って結婚したのではないか。芯は臆病な男だとは知らずに結婚したのではないか。

「そりゃあ」勝呂の心を何も気づかぬのか、それとも気づかぬふりをわざとしているのか、妻は手を動かしながら言った。「欲を言えばきりがないわ。でもあたし、結局、何も起らない、ということが一番、幸福なんじゃないかと近頃思っているの」

雪が降っていた。凍雪の上にまた雪が降る。雪の上に風に送られた黒い煙が流れていく。手首と五本の指が機械のように動きつづける。絃《げん》の端から端をたえ間なく這《は》いまわる。指はヴァイオリンの絃を押さえているのではなく、爪先で鋭い音を強く空間にむけてはじき出しているのだ。それも繰りかえし三時間、たった一つの旋律だけを繰りかえしている。腭《あご》だけでヴァイオリンを支え、歯で下唇を強く嚙《か》みしめている。その母のきびしい顔を子供は怖《おそ》ろしそうに窺っていた。

「なにかくれない」と彼は言った。「なにか果物ない?」

本当は果物などが欲しいのではなかった。ただ彼は、眼前の母の心をこちらに向けたかったのである。自分に話しかけてもらいたかったのである。

「なにか、くれない。ねえ……」

しかし彼女には子供の声は全く聞こえないようにヴァイオリンの弓を動かしていた。

彼女の心は五本の指にだけ集中していたから、求めているたった一つの音を指が探りあてるまでは子供の声など耳に入らなかった。

「果物がないかって、聞いているんだけど……」

子供は母をゆさぶった。ヴァイオリンを弾いている間は決して話しかけたり、騒いだりしてはいけないと平生からきつく言われたのに、彼はその言いつけを忘れるほど不安にかられた。

「何するの」

母は怖ろしい顔で勝呂を睨《にら》みつけ叱《しか》りつけた。弓で廊下をさし、あっちに立っていなさいと言った。腭の下が真赤に色が変っている。ヴァイオリンを三時間もはさみつづけたために、皮膚が充血したのだ。

「言いつけを聞けないなら、雪の中に立ってらっしゃい」

子供は眼に泪《なみだ》をためたまま、すごすご後ずさりをする。これが勝呂の幼年時代の母の思い出の一つだ。

「とてもできないわ。あたしには」

その話を妻にきかせた時、妻はふうっと溜息《ためいき》をついた。

「なんだか、こわくなかった。あなた」

「そんな時はお袋はこわかった」と勝呂はうなずいた。「それにお袋の右腕は左腕にくらべると太くてね、五本の指先はヴァイオリンの絃で潰《つぶ》されて固い灰色の皮のようになっていたのを今でもはっきりと憶えている」

「いえ、いえ、そんなことじゃないの。子供がお腹がすいているのに、叱りつけることができるなんて、あたしにはできないわ、とても」

勝呂は妻が母のことを非難しているのだと思って、顔を強張《こわば》らせた。自分以外の者が母を批判するのは許せない。お前などにお袋のことなど理解できてたまるか。と彼はうつむいて心の中で呟いた。お前は俺が小説を書こうとした時でも、大きな足音をたてて周りを歩きまわった。いくら言いきかせてもつまらない近所の噂などを急に話しかけてきた。その足音、その声が、小説を考えている俺の力をどんなに傷つけ、乱したか今でも少しもわかっちゃいない。そんなお前に、あの時のあの人の怒りがわかってたまるものか。

「あなたは亡《な》くなったお母さまを立派に考えすぎるわ」それから妻はあわててつけ加えた。「もっともそりゃ男の場合、当り前でしょうけど」

妻の批判を勝呂は渋々、みとめざるをえない。むかし幾度、彼は父と母のことを小説に書こうとしただろう。だが原稿用紙に筆を走らせながら、勝呂は父にたいしては意地悪な、母にたいしては甘い自分の眼からどうしても抜けきれぬのを感じて、書き続けるのを諦めた。母の場合、おそらく他人から見れば耐えがたい欠点とうつるものさえ、勝呂の心では美化されている。批評家がよくいう「突っぱねて書く」ことはどうしてもできない。

だが三十年前、子供だった彼の前で、三時間も四時間も一つの音を探り求めようとしていた母の姿や、まるで機械のように絃の上を休むことなく動きつづけていたその手や、皮のように潰れた指先を幾十回となく思い出すにつれて、それは勝呂にとってたんに懐しさ以上のものになってしまった。眉《まゆ》を不満そうにしかめ、飽くことなく一つの旋律を追い求めていた母。音の旋律ではなく、それ以上の旋律を自分の爪ではじき出そうとしていた母。

「渋谷まで買物に来たから、一寸、寄ったんだがね」

父は買物包みをかかえながら庭から入って来た。縁側に腰をかけて、長年、使っているパナマ帽子を丁寧に背広の袖口《そでぐち》でふいた。汗をかいた彼の額に帽子の痕が赤く残っている。

「どうしたね。稔は」

「この頃、クレヨンで絵を描くことを憶えたんですよ。今も、あっちで夢中ですわ」

「呼んでおいで」

稔を膝の上にのせた父は、片手で包装紙の紐《ひも》を解きながら、

「生クリームだが、今日、作ったものだから大丈夫だろう。そうかそうか。稔は絵を描けるようになったか。稔、おじいちゃんの顔をいつか描いて頂戴」

妻は、父の機嫌をとるためか、子供がクレヨンでなぐり書きをした画用紙を二、三枚もってきて、

「これなんですよ」

「ほう」

上衣《うわぎ》の内ポケットから眼鏡サックをとり出して老眼鏡をかける。その仕草がいかにも老人臭く、

「うまいじゃないか。五才にしては」

「そうでしょうか」

嬉《うれ》しそうに笑う妻の顔が勝呂をいらいらさせる。

「この子には芸術的な才能があるかもしれんぞ。あるならばうんと伸してやるのがお

前たちの義務だな」

勝呂は膝の上で手をそっと握りしめた。十数年前の思い出が胸を不意に突きあげてくる。彼はあの「仏教訓話」などを書棚に並べてある書斎で父と向きあっていた。

「なあ、小説など書こうと思うなよ。ああ言うものは趣味としてやるのはいいが、職業などにしちゃあいかんぞ」

いつもの癖で父の説教は、始めは相手を諄々《じゅんじゅん》と諭すような調子で始まる。相手が黙っている限り父は自分の声にいつまでも酔っている。膝の上に手をおきながら勝呂は眼を伏せて黙って聞いていた。

「ああいう職業は危険が多い。第一、食えんようになったらどうするんだ。大体、芸術などというもんは、まともな人間なら手をつけぬもんだ」

まともな人間という言葉を、父が母のことを思いだして使ったのかどうかわからなかった。だがその父の言葉は、母への侮辱のように勝呂に思えた。

「お前はまだ世間を知らんから、そう言うことを考えるんだろう。小説や絵など、そういう世界に入る奴《やつ》は結局、みじめったらしく死んでいくもんだ。平凡が一番いい、平凡が一番幸福だ」

なるほど、母はみじめったらしく死んでいった。おそらく父の眼から見れば、父をみとめる社会の眼からみれば、みじめったらしい晩年だった。それを暗に、父は指していたにちがいなかった。

「お前はわしと同じように教師になるのが一番いいんじゃないかな」

「でも、ぼくは、自分で自分の職業を選ぶ権利があると思う」

「馬鹿《ばか》言うな。親に食べさせてもらい、学資をもらっている以上、そういう我儘《わがまま》なことは許さんぞ。もし、お前が自分で小説家になりたいなら、明日からでも自分でかせいで食ってみるがいい」

それらの言葉一つ一つをそれから十数年間、勝呂は決して忘れていない。普通の子供ならばやがては記憶の底に埋もれてしまう、そんな単純な叱責《しっせき》を今日も恨みに思っているのは、それがたんに息子にたいする説諭ではなく、母にたいする軽蔑が暗にふくまれているような気がしたからだ。「小説や絵など、そういう世界に入る奴は結局、みじめったらしく死んでいくもんだ」

そう、母は彼女の住んでいる貧しいアパートで誰からも看《み》とられず死んでいった。知らせを聞いて勝呂が駆けつけた時は、母の死体のそばには電話をかけてくれた管理人のおばさんが一人、おろおろとして坐《すわ》っているだけだった。血の気もなく紙より青白くなったその死顔の眉と眉との間に、苦しそうな暗い影が残っていた。

「この子が絵かきになりたいと言ったら、そうさせますが」

勝呂は、顔だけは庭先の八つ手のほうにむけて皮肉に唇をゆがめた。

「そう、それがいい。この頃は絵かきなんかと言っても商業デザインなどで随分、儲《もう》かるそうだからな。お前みたいな翻訳業よりずっとかせぐらしいぞ」

なにを調子のいいことを言ってやがる、と勝呂は心のなかで舌打ちをしていたが、妻は、

「この人のお友だちにも、その方の仕事をしてらっしゃる方なんか、別荘まで買ってるんですよ」

「ほう、別荘をねえ」

庭の八つ手の根元に、小さな紙きれや糸屑がきたなく散らばっていた。掃除の時、部屋の埃を庭に掃きだすのではないとあれほど言っているのに、妻は今日も面倒臭くて怠けたにちがいない。母が死んだ部屋にもゴムの木の植木鉢が一つあった。ゴムの葉が黄色く枯れ、その根元にもゴミ屑や糸が落ちていた。

学生時代、あの写真帳が放りこんであった納戸のなかから偶然ポケット版の万葉集

を見つけた。日本古典全集の一冊で、今でも神田の古本屋の隅にどうかすると転がっていることが時々ある。めくると湿気とカビとの交った臭いが漂ってきた。だが表紙の裏側にすっかり色のあせたインクで書かれた父の名と母の名を勝呂は発見した。それが若い頃の父の筆跡だと気づくまで数秒かかったが、気づいた時、思わず皮肉なうす笑いが頰にゆっくりうかんだ。二人の名前の左に、万葉集のなかの相聞《そうもん》が一つ書かれていたからである。高校生でも知っている相聞の一つだったから、始めは父がなぜこんなものを書いたのかと思ったが、やがてうすら笑いが彼の頰にうかんだ。長い間、勝呂はそのうす笑いを頰にうかべたまま、じっと二行の文字を見つめていた。笑いを浮かべたのは、父がこのような相聞の歌を母に書きおくったという滑稽《こっけい》な事実のためではなかった。「若い頃は世間を知らんから馬鹿なことを考える」、機嫌のいい時、父はよくそう言い、満足そうに自分でうなずいてみせる。その馬鹿なことを父もまた若い時にやってみせたにすぎぬ。

勝呂がうす笑いを浮かべたのは、その色あせたインク文字に、東北から出てきた田舎大学生の劣等感が感じられたからだった。万葉集などをわざわざ買って、婚約者に贈る。しかもその表紙の裏に中学生でも知っている相聞の歌を書きつける。その気障《きざ》な泥くさいやり方が、当時の父のイメージを彼に想像させたのである。

だが、母は……

だが母はなぜ、父と婚約などしたのだろう。自分の夫になる男が本質的にはこんな相聞とはほど遠い人間だと一度も見抜かなかったのだろうか。

そのことを後になって考えるたびに彼は、一種不安に似た気持を感ずる。自分は娘時代の母を妻のいうように「美化している」のではないだろうか。娘時代の母はありきたりの女と同様に、こうした月並な本やその表紙の裏に書かれている歌などに酔ったのではないか。そう思うと彼はその後の母にたいする自分のイメージに何か翳《かげ》がさすような気がして、首をふるのである。

稔と一緒に父は自分の買ってきた洋菓子をつまんでいる。その額にはまだ帽子の痕が樹木の年輪のように残っている。樹木に年輪がつみ重なるように、父にも万葉集を母に送った時代があったのだが、その時代はその後の数多い年輪の中に、すっかり埋没してしまった。父自身でさえ、そのことを思いだすことはないだろう。ああいう行為をした頃と今とが、どちらの自分の姿かを比較することさえあるまい。その彼が今、孫を膝の上にだいて倖《しあわ》せであり、母は孫さえ見ることができずにアパートの一室で死んでいったことに勝呂はたまらない怒りをおぼえる。そしてまるで父が幸福であることを拒んでいるような自分に気づき、ハッとする。

凍雪の上にまた雪が降る。雪の上に風に送られた煙突の黒い煙が流れていく。大連《だいれん》では十一月になると、どの家もストーブかペチカに火をつけるのである。ペチカの煤《ばい》煙《えん》が、雪を灰色によごしていく。勝呂は窓に顔を押しあてて、風を眺めていた。むこうの家の煉瓦《れんが》づくりの煙突からも煙がでている。空は古綿をつめたように低かった。今日もヴァイオリンの音は彼が学校から戻ってきた時から、応接間でなりつづけている。いつものように——飽きることなく、一つの旋律だけを繰りかえし、繰りかえし、繰りかえしつづけている。途中でそれが突然、鋭くやむことがある。あれは、母が自分の弾き方が気に入らなかった時だ。その時の彼女の怒ったようないらいらとした表情が子供の勝呂にも眼に見えるようだ。

練習中は絶対に応接間に行くことは禁じられていたから、学校から帰って彼は母にまだ会っていなかった。他の子供なら淋《さび》しいと思うこんな仕打ちも勝呂には毎日のことだから、もう馴《な》れきっている。満人の女中に蜜柑《みかん》をもらい（母は菓子を食べさせることを禁じていた）それをむきながら、窓から応接間のほうをそっと覗こうとしたが、母の姿は見えず、ただヴァイオリンの音だけが聞えてくる。

隣家の犬が、その雪の中をひょろひょろと走っていく。背中が既に真白になっている。口笛を吹いたが、犬は見むきもしない。彼は幾度か母に犬を飼ってもらいたいと頼んだが、まだその希望は聞き入れてもらえなかった。

庭に跫音《あしおと》がした。外套《がいとう》の肩も、中折れ帽も白く雪にそまった父だった。ヴァイオリンの音のする応接間の前までくると彼はたちどまったまま、しばらくじっと音のする方向を見つめていたが、そのまま背をまげて裏口にむかった。

「奥さん、よぶか」

「いや、いい。練習中なんだから……」

台所で満人の女中と父との会話が聞えてきた。廊下に入ってきた父は、ポケットに手を入れて、窓に顔を押しあてている勝呂にむかって、おや、と小さな声で言った。父はそれから不器用な手つきで洋服をきかえ、きかえた洋服をタンスに入れていた。

「何をしていたんだね」

「なんにも」と勝呂は首をふった。

「学校から帰るとすぐ宿題をしなくちゃ、いけないぞ」

「今日は宿題、出なかったんだもの」

「お母さんに会ったか」

「まだ。だって練習中は応接間に入ったら、いけないんでしょう」

父は黙って、勝呂の顔を見おろしていた。それから小さな声でたずねた。

「淋しくないか。お前」

「どうして」

勝呂はなぜ父が急にそんな質問をしたのかわからない。彼にはそれらの毎日が当り前のことのように思われたからである。父も、帯の中に両手を入れたまま、彼と肩を並べながら、凍《し》み雪の上に降り続ける雪をぼんやりと見つめていた。

その年、母の演奏会が青年会館で開かれた。知りあいや、見知らぬ人たちが沢山来ていて、その中に白髪の外人が一人交っていた。母の先生であるロシヤ人のモギレフスキーだった。みなの邪魔をしないようにと、女中につれられて会場の片隅に坐らされて、腕の出た洋服を着て母が幾つかの曲を演奏したことなどが、雑然と今の彼の頭に残っている。

演奏の途中、便所に行きたくて、そっと席を滑り出た。人影のない廊下に出ると、ガランとした椅子《いす》に父が一人、壁に向きあったまま腰かけていた。その時の父のうしろ姿には、だれからも相手にされない、寂しそうな翳があった。のめぬ煙草の火口《ほくち》を見つめながら、父は拍手の音が内側から洩《も》れきこえてくるのに、いつまでもそこを動かなかった。

翌年は、最初の大きな病気の思い出とつながっている。夏休みになる頃で、彼は学校でも体がだるくて仕方がなかった。午後の体操のあとから咽喉《のど》に何かが絡《から》んだような気がした。医務室にいき、熱を計ってもらうと八度以上あった。医者が来て、口をあけさせ、咽喉を見、色々な質問をすると勝呂は女教師につれられてM病院という一番大きな病院に連れていかれた。

熱は毎日つづき、赤くうるんだ眼をあけると、病室の壁に無数の虫が動いているように見え、その虫のなかに、こちらをじっと覗《のぞ》きこんでいる母の蒼《あお》い顔がぼんやり浮かびあがった。ヴァイオリンの絃で固くなった指が、額の氷嚢《ひょうのう》をなおし、口の中にスープを入れてくれる。夜中に眼をさますと、母はやはり横にいた。そんなことも今日までの勝呂の生活にほとんどないことだった。

「夏休みがすぐだから、学校をそんなに休まないで、よかったね」と母は言った。

「新学期がくればまた登校できるわよ」

そんなに長く入院をしていなければならぬのかと尋ねると、母は困ったような表情でうなずいた。だが、真実、勝呂は早く治るよりはこのまま入院が長びくことを心で願っていた。病気のおかげで、自分が母を独占できたことを子供心にも知っていたからである。ヴァイオリンから母を奪うためには、彼が治らぬことが必要だった。窓には幾つかの植木鉢が並べられ、そのなかには母の好きなゴムの樹《き》もあった。だがある日、熱のひいた彼がうたた寝からふと眼を開けると、椅子に腰かけた母が、こちらに気がつかず、膝の上に肱《ひじ》をつくようにして、左手の指をしきりに動かしていた。彼女が今、何をしているのかがわかった時、勝呂の心には寂しさと怒りに似た気持とが同時にこみあげてきた。彼は汗でぬれた寝巻を変えてくれと母に怒鳴り、着変えさせてもらったあともこの寝巻は気に入らぬと言いつづけた。母は最後には怒り部屋を出ていった。

父の姉夫婦が奉天から大連に移ってきたのはこの入院中である。勝呂が二十数年たった今でも憶えていることは、病院で、伯母と母との間で行われた言い争いである。はじめはいかにも親しげに話しあっていた二人が、突然、口論をはじめた理由は子供の勝呂にはよく摑めなかったが、伯母は金歯のいっぱいはいった口をとがらせながら、

「ヴァイオリンもいいけど、女はまず家をまとめるのが仕事だと思うけどね」

この嫌味に母がどう答えたかは憶えておらぬ。記憶にあるのは、膝の上でハンカチ

を握りしめている彼女の手が震えていたことである。

「この子が病気になったのも」伯母はたたみかけるように「あんたが音楽ばかりにかまけて見てやらなかった為《ため》じゃないのかい」

この言葉を父が伯母に言わせたのか、それともそれは伯母自身の前からの考えだったのかどうかはわからない。母がこの言葉にはじめて、自分を他人がどう見ているかに気づいたのか、わからない。とに角、その真夜中、勝呂は額にあの指を感じて眼をさました。母は泣いていた。しかし彼はなにも気づかぬふりをして寝床のなかで躰《からだ》を硬くしていた。

退院したあとも、母はヴァイオリンを弾かなくなった。母は普通の母親と同じように、学校から戻る勝呂にはホットケーキをよく作ってくれた。ホットケーキにはドリコノを沢山かけてあった。


三ヶ月前に翻訳した推理小説が、考えていたよりもずっと売れだした。売れたと言っても、もちろんベスト・セラーなどに到底入るほどではないが、一、二の週刊誌が書評にとりあげてくれると、売行きが早くなりはじめた。彼の翻訳料は買とり制だったから版を重ねても支払額は一定していたが、出版社では気をきかせて二万円ほど別に送金してくれた。

妻と子供をつれて街に出た。祭の日で街は人ごみで溢《あふ》れていた。警官が沢山辻々《つじつじ》に立って、歌を合唱しながら歩いてくるデモの行列を整理している。

デパートの屋上で子供を遊ばせた。回転する大きなコップに親子三人で乗った。ゆっくりとのぼっていく飛行機にも乗った。飛行機の中からは灰色の東京の街がどこまでも見渡せた。

妻のために帯と、自分のために外国製の万年筆を買うと、もらった二万円はすぐなくなってしまった。惜しいわ、帯なんかいらなかったのにと、妻は半ば嬉しそうな、半ば残念そうな顔でしきりに呟《つぶや》いたが、勝呂は、ケチケチするなよ、前から欲しがっていたんだろと答えた。

食堂で子供にはホットケーキを、妻にはアイスクリームをとってやり、自分は麦酒《ビール》を飲みながら窓の下を見おろすと、もうデモの行列は終って、その代り沢山の家族づれが歩いているのが見えた。幸福感に似た感情がゆっくりと胸に湧《わ》いてくる。

「親子三人で」と妻はクリームをなめながら「こんな贅沢《ぜいたく》したなんて始めてね」

「たまにはいいさ。これからも、時々、やろうよ」

答えながら彼は心の中で、こういう生活がなぜ悪いんだと急に考えた。なぜ今更、小説を書く必要があるんだ。俺はこうして結構やっているじゃないか。なぜこの結構な毎日を自分で恥ずかしがる必要があるんだと思った。その時、まるで残酷な悪戯《いたずら》のように勝呂の頭にあの母の死顔が浮かんできた。

長い間、もう母はヴァイオリンを弾かなかった。茶褐色の楽器は弱音器や弓と一緒にケースの中に入れられて応接間の隅にいつも転がっていた。母のいない留守、勝呂はおそるおそるそのケースをそっと開いて見ることがあったが、絃をはずされたヴァイオリンはひどくわびしくみえ、弓の先に老婆《ろうば》の白髪のような線がついていた。

昔とちがって母は満人の女中を指図して食事を作ったり、庭に花を植えたり、彼の勉強を手伝ってくれる。あの頃、勝呂には母の寂しさを感ずるよりは自分の手に戻った彼女との生活がただむしょうに嬉しかったのを憶《おぼ》えている。

父も満足そうだった。日曜日、彼は花壇の前にしゃがんで何時間も草をぬいたり、チュウリップの苗を植えていた。外では満人の物売りが籠《かご》にどっさり入れた海老《えび》を片言の日本語を使いながら売りにくる。庭のアカシヤに真白い花が咲き、勝呂はその花房を母からもらった香水瓶の中に入れて遊んだ。本屋では内地より一週間ほど遅れて少年倶楽部《クラブ》が届く。学校から戻ると彼はそれを見ながら日が暮れるまで「冒険ダン吉」や「日の丸旗之助《はたのすけ》」の漫画を書く。

「平凡が一番いい」その頃から父は何処の本で読んだのか、しきりにその言葉を繰りかえした。「家族の誰も病気せず、何の風波もないのが倖せというものだ。平凡を笑う者は平凡に仕返しされる。人間、高望みをしてはいけない」

その言葉を、母を諭す意味で父がどこかの本から探してきたのかどうかはわからない。その言葉を言われて母がどのような表情をしたかも憶えていない。

もちろん、父と母との間に小さな諍《いさか》いがなかったわけではない。たとえば、月の終りになると父はソロバンを片手に、母のつけた家計簿の頁《ページ》をめくりながらしきりに珠《たま》をはじく。それから小声の、しかし、ぐずぐずした説教が始まる。母は黙ってそれを聞いている。説教がすむと、心配そうに二人を見つめている勝呂に母は哀《かな》しそうな微笑をかける。そういう、小さな諍いを除いては、二人は世間並みの夫婦の落《おち》ついた生活を営んでいるように子供の眼にも見えた。

大陸性の大連は夏と冬とが一番長い。大連の夏のことを考える時、勝呂はきまって強い直射日光にさらされた大広場や西公苑《こうえん》を思いだす。葉の萎《な》えたアカシヤの下で上半身裸の苦力《クーリー》たちが死んだように地面にころがり眠っている真昼、街にはほとんど人影もなく、辻々には客のいない馬車《マーチョ》の馬だけが蠅《はえ》を尾で追いながらしきりに毛のぬけた足を動かしている。そんなある日、母は日傘をさしたまま勝呂をつれて黙って歩いていた。黙ったまま、どこまでも歩いた。勝呂が時々、話しかけても、哀しそうにうなずくだけで返事をしなかった。どこへ行くのと、訊ねても首をふるだけだった。やっとミルク・ホールで彼にアイスクリームをたべさせながら、自分はさじを取りあげようともせず、何かを考えこんでいた。

「どうしたの」勝呂はクリームを食べるのをやめて母の顔を見あげた。「元気ないよ。病気なの」

心配しなくていい、と母は首をふり哀しそうに微笑した。帰りがけ、彼女は浮袋を買い、次の日曜日もし晴れていたら海水浴に連れていくと約束した。

こういうような生活が一年つづいた。誰も母がヴァイオリンを弾かなくなったことを不思議には思わない。彼女が普通の主婦と同様にこまごまとした家事に没頭したり、勝呂の宿題を手伝っているのを見ても、変ったと言う者もいなくなった。父がそのころ勤めていた満鉄の社員たちが来れば、母は、夜遅くても、満人の女中を手伝わせて、酒を幾度も運んだ。客が酔って大声で軍歌を歌う時、母はあの哀しそうな微笑でじっとその姿をみつめていた。

母の音楽学校時代の友人であるSさんが大連にやってきたのはその年の冬だったろうか。その女性は既にヴァイオリンの奏者として、日本でも有名な人だったから、母がかつて演奏会をひらいた青年会館は満員だった。内地の匂《にお》いに飢えている満鉄の若い社員たちがつめかけたからである。演奏会が終ったあと、そのSさんは勝呂の家に来て泊った。勝呂は母とその女性との間に寝かされたから、闇《やみ》のなかで二人のとり交す会話をじっと聞いていた。

「あなたがねえ……、こうなるとは思わなかったわ」とSさんは、うつ伏せになり煙草《たばこ》に火をつけながら言った。「もう弾かないの」

「駄目よ。指がなまっちゃって」

「倖せなの」

充分、満足していると母は、はっきりと答えた。闇にうごく煙草の赤い火口をみつめながら、勝呂は嬉しい気持でその返事を聞いていた。今、考えれば、あの母の返事は音楽学校時代の友人への対抗心から出たのだろうが、まだ小学校五年生だった彼には裏にある感情まで到底、みぬくことはできなかったのである。

その翌年の夏、小さな出来事があった。出来事といっても見のがしてしまえば何でもないのだろうが、あの頃の母の心にやはり一つの衝撃を与えたように勝呂には考えられるのである。父の一番下の弟が夏休みを利用して大連にやってきたのだ。彼はまだ大学生だったが左翼運動に加わっており、祖父からの手紙によると警察から尾行されたことがたびたびあるらしかった。

「栄三が来たら、意見してやらねばならんな」祖父の手紙を巻きながら父は苦い顔をして母に言っていた。「悪い思想にかぶれおって……学業を放ったらかしておるらしい」

父には人生の何事もはっきり割り切れた。悪い考えといい考え、やっていいこと、とやってはならぬことは父には明確だった。彼にとって一足す一はいつも二であり、決して三にも四にもならなかった。この人生の内側では一足す一が必ずしも二とはきまっていないと言うことを決して考えもしなかったろう。処世訓じみたそんな父の言葉をその頃の母は諦めたような表情を頬にちらっと浮かべながら黙って聞いていた。

父の弟は八月の上旬に大連にやってきた。勝呂は父母につれられて港まで迎えにいった。学生服を着た叔父は片手に古ぼけたトランクをぶらさげながら、白い歯を見せて桟橋をおりてきた。彼は、大声で兄さんと叫びながら手をふった。

港から家にむかう馬車《マーチョ》の中で叔父は珍らしそうに右、左をみつめ、父に色々質問をしたが、父は腕をくんだまま不機嫌な表情をし、母がとりなすように答えた。

この叔父が滞在した三週間は勝呂にとってあまり楽しくはなかった。父が満鉄に出勤している間、叔父は勝呂の勉強を監督し、算術や読み方が出来ないと、こわい顔をして鉛筆の先で彼の額を突っついた。にもかかわらず、勝呂はこの叔父が嫌いではなかった。勉強がすむと彼は白い歯をみせながらランニングシャツ一枚のまま、キャッチボールの相手をしてくれたからである。

憂鬱《ゆううつ》なのは、夜になると応接間で父と叔父との口論が始まることだった。それは遅くまで続き、叔父が怒鳴る声が、布団《ふとん》の中の勝呂の眼をしばしば覚まさせた。

「全く迷惑な話だ」父は応接間から腕組みをしたまま出てきて、勝呂の横で本を読んでいる母に言った。

「ああいう悪い考えの持主を弟にもったことを満鉄の連中に知られてみなさい。こっちまで変な眼でみられる」

「あなたはいつも」と母は笑いを頬にうかべて言った。「自分のことだけが心配なのね」

父が叔父を軽蔑《けいべつ》し改心させようとすればするほど、母はこの義弟に好意を持ったように勝呂には今では想像できる。父の前ではほとんど無口な母が、この義弟には本当の姉のように微笑《ほほえ》み、たのしそうに話しているのを勝呂はたびたび見たからだ。あれは父にたいする母のひそかな仕返しだったのかもしれない。

叔父が本土に帰る時、また勝呂たちは港まで見送りにいった。雨が降っている日で、日本に向う黒い貨客船が汚水を海にたらし、大きなセメント袋をかついだ苦力《クーリー》たちが見送人のそばを列を作りながら通りすぎた。「姉さん。もう会えないかもしれないけど」と叔父は船に乗る直前、急に母に言った。「ぼくは自分の信念で生きます」それから勝呂の頭を力強く押さえると、古ぼけたトランクを右手にタラップを登っていった。灰色の鷗《かもめ》が水平線すれすれに鋭い声をあげて飛びかい、大連湾の海は少し荒れていた。母は傘をさしたまま、じっと小さくなっていく船を見送っていた。

その年の冬、叔父は警察の尾行をまいて、行方を消してしまった。爾来《じらい》、彼は二度とあらわれなかった。どこかに行ったのか、本当は警察の手で殺されたのか、今日にいたるまでわからない。勝呂はこの叔父のことを考えるたびに、白い歯をみせた彼の笑顔を思いだす。それと共に、水平線に消えていく船をじっと見つめていた母の姿も心に甦《よみがえ》らせる。あの時、傘を手にもったまま母はなにを見つめていたろうか。海か。

海に出ていく船か。若いなりに自分の生き方に殉じようとしていた叔父の行方か。

勝呂は喫茶店で達さんを待っていた。いつか、母の故郷のT町で世話になった遠縁の町医者である。達さんは娘が東京に嫁いでいるので時々、上京するとあの時、言っていた。だから今度、上京されたら会いましょうと約束していたのだ。

達さんは汗をふきふき喫茶店に入ってきた。皺《しわ》のよったズボンのポケットから懐中時計をとり出し、しきりに時間を気にしている。

「九時十分の急行で帰ろうと思うてな」

「じゃあ、あと二時間あるじゃないですか。東京駅までぼくが送らせてもらいます。晩御飯はたべられたのですか」

「ああ、すませました」

達さんは面倒臭そうに手をふった。ボックスに腰かけた時からこの老人が自分とはあまり話したくないらしいのが感じられ、勝呂はしばらく黙ったまま煙草をふかしていた。しかし、母の親類がほかに残っていない以上、彼から話を聞くより仕方がないのである。

「わしの口から、こんなことを言うのも何やけど、節さんは……」と達さんは苦い顔をしながら「ええ細君にはなれん人だったと思うがね」

皮膚にナイフの刃がかすめたように、勝呂の心にうすい血がにじんだ。自分以外の人間から母が批判されたり、侮辱されたりすることは彼には耐えられないのである。顔の強張るのを我慢しながらやっと勝呂は弱々しい微笑をつくった。

「めんどりが刻《とき》を告げてはいけませんわな。女が家事や裁縫以外のことを考えると碌《ろく》なことはないね」

達さんは最後の言葉を口中から苦い薬でも吐きだすように言った。

東京駅まで送るという勝呂の申し出を老人は断わり、空車のサイン燈《とう》をつけたタクシーを呼びとめて一人でそれに乗った。その乗り方をみると老人が勝呂と今後、交際したくないらしいのがよくわかった。

家に戻っても、達さんに会ったあとの不快な気持はまだ胸に残っていた。いらいらとした気分で洋服を着かえると、妻が急に、

「ねえ、お願いがあるの」

「なんだ」

「週に二度ほど——一日、二時間ぐらい、刺繡《ししゅう》を習いにいったらいけないかしら。今

日誘われたんだけど」

主婦グループが勝呂の近所でもできて、何かゴソゴソやっていることは妻の口から時々、聞いていた。そのグループの一人から今度、先生を呼んで刺繡を習う会をやるから参加しないかと言われたという。

「週に二度もか。その間、稔の面倒はどうするの」

勝呂は顔をしかめ、煙草をふかしていた。妻は返事をしない夫の横顔を見て、大きな溜息をついた。


また大連に秋がきた。長い陰欝な冬が訪れた。凍雪の上に新しい雪がふる毎日が続き、ペチカの煙が雪を黒く汚した。

学校である日、突然、教師が彼を廊下によんで、

「家からね、知らせがあってね。母さんが入院されたそうだよ。すぐ帰宅しなさい」

鞄《かばん》を背中に背負い、固い雪のつもった校庭に一人出た。校舎の窓から授業をやっている生徒の声が伝わってくる。空は今日も曇ってはいたが、彼は母が入院したという不安よりも早退《はやび》けできたという悦《よろこ》びを感じながら、ポプラの木の並んだ校門をぐっ

た。

母が入院したのは、かつて彼が病気になった時、世話になった病院である。けれども顔みしりのやさしかった看護婦たちは勝呂をみると暗い表情で病室の方向を指さしてくれただけだった。母が重態なのではないかという不安が急に胸にこみあげてきた。戸に面会謝絶と書いた紙がはりつけてある病室をそっとあけると、伯母と父がベッドの枕元《まくらもと》にたって、医者が母の眼のあたりにしきりに懐中電燈の光を当てていた。

「なんの病気、なんの病気なの」

勝呂は父にきいたが、父は腕組みをしたまま黙りこみ、かわって伯母が、わざとらしい陽気な声で、

「なあにお腹《なか》を悪くしただけよ。すぐ治るからね」

勝呂は伯母の背後から、こわごわ母の寝顔をみつめた。大きな鼾《いびき》をかきながら母は眠っていた。口からゴム管が涎《よだれ》と一緒にはみ出ていた。医者は父と伯母とに何かを説明したが、勝呂のわかったのは、胃の中のものは全《すべ》て出たということだけだった。

「馬鹿が」医者が病室を出ていくと父は腕組みをしたまま呟いた。「馬鹿が」

「あんたも、災難と思うて……ここの所は我慢しなさいよ」と伯母は父に繰りかえしていた。その言葉で勝呂はおぼろげながら母がなぜ入院したか、わかったような気が

した。彼は椅子に腰かけたまま、足を小刻みに震わした。

五日後、母は退院した。それから毎夜、毎夜、応接間に灯がともった。半年前、叔父と父とが口論を続けていたあの応接間である。時々、父のきつい声や母の泣声がきこえる。(少年時代を思いだす時、勝呂はこのあたりが暗い色彩でべったりと塗られているような感じがしてならない。その父や母の声をきかぬために、耳に指を入れて布団のなかでじっとしていた自分の姿も痛いほど甦ってくる)

学校から家に戻るのが本当に嫌だった。ぼんやりと何かを考えこんでいる母の姿をみるのが嫌だった。勝呂は鞄を背中で鳴らしながら、家とは反対の方向に歩いた。ロシヤパンを売るロシヤ人の老人が、凍雪を長靴でふみながらついてきた。その老人はパンだけではなく、メダイや讃美歌《さんびか》の本なども売りつける、目やにの溜《たま》った老人だった。坊ちゃんどこへ行くのかと老人はうしろから時々、勝呂にたずねるのである。

烈《はげ》しい雨が降った。勝呂の家の屋根から滝のように流れ落ちるその雨は庭の八つ手にあたって、小石を叩《たた》きつけるような烈しい音を何時間もたてた。午前中いっぱい豪雨は降り続いた。

午後になってようやく陽がさしはじめた。濡《ぬ》れた樹木や隣家の屋根がまぶしく輝き、空がみるみる青く拡《ひろ》がり、まるで全てのものが生きかえったように息づきはじめた。縁側にたった勝呂は急に悔恨とも自責ともつかぬ感情が胸をつきあげてくるのを感じた。突然なぜ、そんな感情に捉《とら》われたのかわからないが頭のどこかでお前の生き方は嘘《うそ》だという声が聞えてくるようだった。

「なあ」と彼はしばらくして妻に言った。「もう一度、生活をやりなおさないか」

言い終って彼は自分のこの言葉が、雨あがりの生命力あふれた、生きかえったような風景から出た一時の興奮ではないのかと思った。

「なにをやりなおすの」

「なにかわからないが、こういう生活は自分を偽っているような気がする」

「なに言ってんのよ。いやねえ。折角、どうにか、明日のことが心配でなくなったと言うのに」

妻は馬鹿にしたように彼をふりかえった。

「子供みたい。あなたの言うこと」

彼はさっきの興奮が萎え、しぼんでいくのを感じ、あああと溜息をついて、畳の上に仰向《あおむ》けに寝ころがった。それから、頭をふりながら、

「散歩にいってくるよ。稔、散歩にいこう」

父が彼を散歩に誘いだすなど、たえてなかった。だからよごれたオーバーのポケットに両手を入れたまま勝呂は不安そうに父のあとをゆっくりと歩いていた。黒くよごれた残雪が道の両側にかき集められ、その真中だけがみんなの靴でかたく固められている。

「ジャングル・ブックがほしいと言っていたな」父はうしろをふりむいて急に訊《たず》ねた。

「母さん、まだ買ってくれないか」

「うん」

「じゃあ、今から、買ってやろう」

固くふみしめられた雪を長靴の先で穿《ほ》じくりながら勝呂は黙って首をふった。

「どうしたんだ。いらないのかね」

「友だちに借りて、もう読んだから……」

しかしそれは嘘だった。なにか知らないが、本を買ってやるという父のやさしさに巻きこまれるのが嫌だったのである。

父は白けた表情でそんな息子をじっと見ていたが、

「あのね、よく聞きなさい」急に硬い声で、「お前も気づいているかも知れないが」

勝呂の長靴の下で、雪の小さなかたまりが砕けた。

「父さんは母さんとうまくいかないんだよ。だから別々に住もうと言うことになったんだ」

砕けた雪を勝呂は、歯をくいしばったまま、長靴で更に粉々にする。涙は眼《ま》ぶたから溢れそうだったが、泣いてはいけない、泣いてはいけないと自分に言いつづける。

「だからお前は、父さんと一緒に住むか、母さんと一緒に住むか、どうするかね。いいかね、母さんはこれから一人で働かなくちゃならない。お前を食べさせたり学校にいかせるのは大変だ。母さんはどうしても、お前をつれていくと言っているが、それじゃ、お前は」父はそこで言葉を切った。「たとえば上の学校にもいけなくなる。上の学校にいかなければ、人間は社会に出ても、出世さえできない。だからねえ、父さんとお前は住んだほうがいいと思うがな……。もちろん、お前が母さんと会うのは自由だよ」

そのあとの言葉を勝呂はもう聞いていなかった。人影のない灰色の雪道の真中にたって、父はくどくどと勝呂にしゃべりつづける。混乱した頭で、勝呂は父の動く口をぼんやりと見つめる。

「どうした」

「いやだ。もうぼく、こんなのいやだ」

それだけが、彼の父にたいする精一杯の抗議だった。父は卑怯《ひきょう》だと子供心にも彼は考えた。言葉ではその理由ははっきり言えなかったが、父は卑怯だった。

「ぼくは上の学校なんか行きたくない」

「馬鹿を言いなさい。男は学歴がないと」

あれから二十数年、少年時代のその場面が心のなかに幾度、甦ったことだろう。そのたび、勝呂の眼から我にもなく泪《なみだ》があふれる。あの黄昏《たそがれ》、歯をくいしばってこらえた泪が、大人になってからの彼の頰を幾度となくその思い出ゆえに伝わった。彼は父が上の学校などという表面的な理由を楯《たて》にとって彼を自分の手もとにおいたことだけで泣いたのではない。あの時、たとえ学校などに行けなくても、母についていくべきだったのに、その母を見捨てた自分の弱さ、卑怯さが苦しいのである。

その夜、伯父と伯母が彼の家に来て勝呂を前に座らせた。

「なあ、お前、母さんには好きな時会える。お前はこの家のあとつぎだから、この家に住まなきゃあ、いかんな」

そう迫まられた時、彼は黙っていた。黙っていることを、伯父と伯母は承諾の意味ときめてしまった。

「子供のお前はなにも考えんでいい」と伯母は言った。「伯母さんたちに委《まか》せなさい」


なぜ、あの時、自分は母と一緒に住むと勇気をもって言えなかったのか。自分の将来にたいする打算があったのか。それもある。母と一緒に今後、どのような生活をするのかわからぬという不安がそこに働いていたのか。それもある。父にたいする憐憫《れんびん》もなくはなかった。伯母に言いまるめられるうち、身動きとれぬ心理になっていたことも確かだ。あの心理にはさまざまな要因がからみあっていて、どれ一つをとっても、これが決定的だとは勝呂には言えないのである。

しかし、理由が何であれ、母を裏切り見棄《みす》てた事実には変りはない。それが今日まで彼の心の奥にしこりとなってきた。自責の念に駆られれば駆られるほど勝呂は父を厭《いと》わしいもののように見てしまう。自分の弱さを誤魔化すためにも、父をうとんじてしまう。それが不合理であることは理窟《りくつ》ではわかっても、感情ではどうにも動かせないのだ。

伯父と伯母とに言いふくめられた翌朝、母の顔をまともに見ることができなかった自分の姿をまだ憶えている。彼は満人の女中に給仕してもらいながら、コソコソと朝の食事をしていた。その時、眼を泣きはらした母が茶の間に入ってきた。

「坊ちゃん。ごはんまた落したよ」と女中は言った。

母は彼の向い側に腰かけ、できるだけ平静な声をつくりながら、おはようと言った。

「学校が遅れますよ。グズグズしていると」

眼をそむけ、勝呂は箸《はし》をおき逃げるように茶の間を出ていった。母を見すてた自分がみじめで汚れて卑怯者だという気持を、背中に痛いほど感じながら、彼はランドセルを背中にかけた。母さん、ぼくは母さんと一緒に住むという言葉が咽喉まで、涙声のように出かかっていたが、彼がふたたび茶の間に近づいた時、伯父と伯母との声がした。

「節さん。もう起きたか」伯父はわざとらしい声で母に話しかけていた。「朝刊はもう来てるかね」

その声をきくと、勝呂は思わず足をとめた。咽喉まで出かかった母にたいする言葉はそこで停った。

「心配せんでええ」

玄関で長靴をそっとはいていると、うしろから伯母が忍び足で近づき小声で勝呂に、「母さんは何も怒っとりやせん。それに、お前は母さんに会いたい時にはいつでも会えるんだから、今と少しも変りはせん。母さんは一ヶ月ぐらい、一寸《ちょっと》、大連を離れるけどな」

伯母は、母の旅行は一ヶ月ぐらいなもので、すぐに大連に戻ってくると言った。だが、それは子供にこれ以上、衝撃を与えまいという大人たちの芝居だった。愚かにも勝呂はそれを信じた。なぜなら、それは母までが、彼に一ヶ月したら帰ってくると誓ったからである。

「ちゃんと留守番をするんですよ」とたしかに母は彼に約束した。「伯母さんの言うことをよく聞いてね」

あの時、母がどんなに辛《つら》い芝居を息子の前で演じねばならなかったか。今の勝呂には痛いほどわかるのだ。もし自分が同じ立場におかれたなら、やはり同じように稔の前で装《よそお》ったにちがいない。それから一週間後の朝、彼が眼をさますと、母はいなかった。父もいなかった。伯父も伯母もいなかった。

「見送りに行くなら行くで」と彼は泣きながら、満人の女中にくってかかった。「なぜ起してくれなかったんだ」

「船、早いだろ。坊ちゃんは起きないだろ」

女中は首をふった。「船、早いだろ。坊ちゃんは起きないだろ」

校庭に小さなつむじ風が巻いていた。つむじ風にのって新聞紙がくるくると上り、鉛色の空に飛んでいった。ポケットに片手を突っこみながら勝呂は新聞紙の行方を見つめていた。

一人の中年婦人が入口から出てくると、人影のない校庭をゆっくり彼の方に近づいてきた。

「鮎川でございますが……」

勝呂はあわてて頭をさげ、自分は、ずっと前、ここに奉職していた勝呂節子の息子だと説明した。婦人は軽い驚きの声をあげて、母には自分も習ったことがあると答えた。

「お亡《な》くなりになったことは伺ってましたが……お墓にもまだ一度もお参りしなくて」

それから彼女は腕時計を見ながら弁解するように、

「習ったと申しましても、私なんか御授業をうけただけで……、そう存じあげなかったものですから」

しかし、勝呂はこの鮎川という女性の名前住所が母の遺品である小さな手帖《てちょう》の中に書きこまれてあったから、ここに来たのである。

「母は……生徒さんに、人気がなかったのですね」

「いいえ、そんなことございませんよ。そんなことは」婦人はあわてて首をふった。

「でも、少しおきびしいところもおありでしたから」

「教え方が」

「ええ……」彼女は言葉をにごした。「あたしたちは、どうも至りませんで、ついていけないないなと思うような時もございまして」

またつむじ風が塵芥をくるくると空中に巻きあげた。鮎川さんは腕時計をちらりと見た。

「と、おっしゃると？　すみません。母のことは何でも伺いたいもんですから」

「何て言ったらいいのかわかりませんけど、ただ、先生は音楽にあたしたちが考えている以上のことをお求めになったもんですから、それに従《つ》いていけない方は」

鮎川さんは唇のあたりに、曖昧《あいまい》な微笑をうかべた。

「それに従いていけない人は？」

「やはり、色々、先生が理解できなかったんじゃありません」

彼女の唇のあたりにはまだ曖昧な微笑が残っていた。その曖昧な微笑はいかにも母のことを「実はあたしたち、もて余していたんでございますよ」と言っているように見えた。父がかつて母をもて余したように、生徒たちも母をもて余したのだろうか。

「申し訳ございませんけれど、あたし、一寸……」

「いえ、こちらこそ」勝呂はあわてて頭をさげた。

さっきと同じように鮎川さんは人影のない校庭をゆっくり校舎に戻っていった。ポケットに両手を入れたまま勝呂は、母が大連から引きあげたあと三年間、音楽を教えたというこの校舎を見つめていた。もちろん、この校舎も、むかし母が通ったあの小学校と同じようにすっかりコンクリートに建てなおされていた。

（それに従いていけない人は……）

鮎川さんの言葉はまだ彼の耳に残っていた。結婚生活の間は、父を軽蔑していたためか、まだ温和《おとな》しく冷やかな笑いしかうかべなかった母は、離婚後、年をとるにつれて怒りっぽくなっていった。時にはヒステリックにさえなっていった。そのことを彼は思いだしたくはない。しかし、母の人生をたどるためにはやはり思い出さねばならぬ。

（それに従いていけない人は……）

彼は、この学校をやめさせられた時の母の姿を想《おも》いうかべた。おそらくここの校長は母に、ここは教養としての音楽を教えるのであって、音楽家を育てる場所ではないとでも言ったのだろう。だが母にとって、教養のための音楽などは存在しなかったにちがいないのだ。勝呂のまぶたには、ヴァイオリンの絃《げん》で潰《つぶ》れ皮のように固くなった母の指が浮かんだ。冬、あの指は絃で切れて血がにじんでいた。

父が日本に勝呂をつれて戻ったのは母が帰国した翌年である。満鉄をやめた彼は兵庫県の教育局に勤めることになったのだ。その時、勝呂はもう中学生になっていた。はじめて見る日本の風物は、何もかもが汚なく、小さくみえた。街も通りも家々も大連にくらべると貧しく、みみっちかった。阪急電車の六甲駅にちかい勝呂の家の前には、売地とかいた原っぱがあり、その原っぱで彼と同じぐらいの中学生たちが毎日遊んでいたが、どうしてもなじむことができなかった。

母が東京にいることはもちろん知っていた。手紙はきちん、きちんと来たし、父も勝呂が母に返事を書くことをとめはしなかったからである。しかし、父は勝呂を東京にやって母親と会わそうとはしなかったし、母を神戸に呼びよせもしなかった。母の手紙には、いつか勝呂を手元に引きとると必ず書いてあった。勝呂はそれを一方では願いながら、一方ではそうなることが不安だった。

九月、大連から伯母が神戸にやってきた。勝呂の家に泊った伯母は父の前では母のことにはほとんどふれなかったが、勝呂をそっと廊下に呼びよせて、

「母さんに会いたかろうが……」声をひそめて言った。「心配せんでええよ。いつか必ず会わしてやるからな。伯母ちゃんに委しときなさい」

だがその伯母の言葉には、どちらにもいい顔をしようとしている狡《ずる》さが感じられ、うつむいたまま勝呂は返事をしなかった。それにその夜中、便所にいこうとして廊下を通った時、父と伯母との会話を暗い電気の洩れているふすまごしに聞いたのである。

「節さんは、どこに行ってもうまくいかんらしいな。もう勤め先だけでも二つも変えたと東京の井口さんから手紙をもろうたけど」

「人と妥協することを知らん女だから」父は吐き棄てるように言った。

「どこに行っても、そういう結果になるんです」

「心根を入れ変えねばいかんねえ。あれじゃから節さんは、誰からも好かれん」

廊下でたちどまり、勝呂は、今日、自分に委せておけと言った伯母の狡そうな顔を思いだした。事情はよくわからなかったが、母は勤め先の学校を次から次へとよしているとことだけはわかった。母は自分をいつか引きとると書いてきたが、自分が行けば足手まといになるのだと彼は思った。母は結局、結婚生活でも駄目だったように、勤め先にも満足していないのである。

しかしその年、彼は遂《つい》に会うことができた。母が東京から大阪に出てきてくれたのである。久しぶりに見る母はひどく疲れて青い顔をしていた。彼を見た時、母は頬に泪をながした。梅田のデパートで食事をし、屋上にのぼり二人はベンチに腰かけた。それは彼にとって久しぶりに与えられた倖《しあわ》せな一日だった。

「なんでもいいから」母は彼にむかって言った。「自分しかできないと思うことを見つけて頂戴《ちょうだい》。だれでもできることなら他の人がやるわ。自分がこの手でできること、そのことを考えて頂戴」

「父さんは平凡が一番、倖せだといつも言っているけど」

母は苦い顔をした。

「母さんがなんのために、こうして一生懸命生きてきたか、よく考えて頂戴」

その時、何気なく聞いた言葉はくりかえし、くりかえし母のことを心に甦らすにつれ、なぜか彼にはただ一つの言葉だったように思えてくる。しかし、それはずっとあとでの話である。

学校から帰っても、母がいない家庭は彼にとってなんの愛情もない。授業が終ると彼は、ただどこにも行けないから、家に戻るのだった。家政婦が留守番をしている父の家。義務的なお八つ。そのお八つをたべながら、寝ころんだまま、ながい間天井を見ている。勉強もせず、といって遊びもしない。日が暮れて障子がカタコトと鳴る。

勝呂の成績は眼にみえて落ちていった。教師は彼のことを箸にも棒にもかからぬ生徒だと思っていた。彼の取柄はただ、学校で目だたぬ代りに、悪いことをしないというだけだった。だが勝呂は悪いことをしなかったのではなく、悪いことさえできなかったのである。

そんな勝呂を母は知らなかった。月に三回、送られてくる手紙には、彼にはとてもできないことが書いてあった。たとえば中学を出たら、必ず官立高校を受けてほしいとか、成績は十番以内でなければならないとか。だが、彼の成績はクラスで尻《しり》から三番目になっていた。教師たちは彼が官立高校を受けると言えば、笑いだしたにちがいないのだ。母は何も知らなかった。なぜなら勝呂は決して母を幻滅さすようなことを返事に書かなかったからである。もちろん、父が母には一通の手紙も出さぬ以上、この嘘がばれる筈《はず》はなかった。

(あの時、なぜ母に嘘をついたのか)

やがてはどうせ、明らかになる嘘を彼がついたのは、虚栄心のためだけではなかった。彼は気の弱さから、一人で遠くに生活している母を傷つけたくはなかったのである。母に心配をかけまいと思うと、勝呂は手紙のなかでどうしても自分が毎日、元気で学校に通っているような筆づかいをしてしまうのだった。

年の暮、また、伯母が大連から神戸にやってきた。今度は彼女の一家が日本に引きあげる下準備のためでもあり、また父のために新しい縁談を用意してきたのである。「なあ。お坐《すわ》り。羊羹《ようかん》を切ろうかね」伯母は昔のように勝呂を前に坐わらせて煙草に火をつけた。「お前も学校から戻って一人で父さんを待つのは寂しかろうし、それに父さんは何といっても男だからね。世話する奥さんが必要だろ」

勝呂は母の別れ話の時と同じように黙っていた。黙っているということを伯母はまた、承諾の意味にとった。

「父さんや今度くる新しい母さんのためにも……なあ、節さんのことを今後口に出してはいけんよ。そりゃあ、心のなかで、どんなに考えてもな、口に出してはいけんよ」

伯母が母のことをこの時、勝呂の前で節さんと呼んだのは始めてである。そして父の妻になる女性のことを新しい母さんと言った。この言いかたは、勝呂の胸をひどく傷つけたが、彼は黙っていた。いやだとも言わなかった。自分が母を今、また裏切りつつあることを感じながら黙っていた。大人たちは、はじめ、勝呂が母と好きな時自由に会えるのだと言ったのだ。そして日本に戻ってみると、それはほとんど不可能になっていた。今度は新しい女が父の妻になると言う。しかももう、その女の人や父の前では母のことは語ってはならぬという。罠《わな》にかけられたのではないにせよ自分がまるで糸をからまれた虫のように思えた。そして責任の所在が何処《どこ》にあるにせよ、結果的に自分が母を一歩一歩孤独にさせ、見棄てる生活に落ちていくのも事実だった。

「なあ。誰でも、このくらいの苦労をせねば、世間はうまく渡っていけんのだから」

伯母は煙草を火鉢のなかに押し込みながら言った。「辛抱せにゃ、いかんよ」

荷物になると言ったが、義母はそのベッタラ漬を素早く風呂敷《ふろしき》につつんで昏にうす笑いを浮かべた。

「あんたにやるんじゃない。近子さんや稔に食べてもらうんだから」

「そうだ。持っていくがいい」玄関で父も上機嫌に「ただ、こいつは匂うからな。注意しなさい」それから、彼はもう一つの包み——例の李商隠の原稿を大事そうに手にとって、「とに角よろしくたのむ」と言った。

両手にそれらの包みを持って夕暮の道を駅まで歩いた。二つの包みはどれも彼にとって重く迷惑だった。自分の小説だって出版社に持ちこむのは気が引けるのに、内容さえよくわからぬ父の原稿を、どういう風にA社に持参すればいいのだろう。駅のベンチでベッタラ漬は変な臭気を周りに漂わし、彼は貧乏ゆすりをしながら電車を待った。

(断われないというのは、悪い性格だ。なぜ、始め話のあった時、父に駄目だとはっきり断わらなかったのだろう)

父が折角、書いたものを息子の自分が何もしてやれぬことを気の毒だと思ったのか。老人の懸命な顔を見るとつい憐憫の情に駆られてしまったのだ。むかし、俺は母のことで伯母に遂にノオと言えなかった。自分の気の弱さからノオと言えなかった。その悪い性格が母を更に孤独にしていった。駅の向うの夕焼雲を見ながら勝呂は悔恨とも自責ともつかぬ感情をまたかみしめた。

家に戻ると入口の前にオートバイがおいてあり、何かただならぬ気配である。急いで玄関の戸をあけると、町医者が帰るところで、「あなた」妻が早口に言った。「稔がひどい熱なの」

「どうしたんだ」

「いや、少し心配なこともありますので」医者は靴をはきながら「今も奥さんに入院させられるようお話してたんですが」

「先生は、悪くすると小児麻痺《しょうにまひ》になるかもしれないと」

「いやいや」医者は表情を強張《こわば》らせた勝呂を見て手をふった。「いや、万一そんなことになるといけないから、大事をとるのも悪くないだろうと申し上げたまでですよ。なにたんなる風邪だと思いますがね」

子供はぐったりとして汗をかきながら眠っていた。勝呂は背広のまま、枕元の洗面器の手ぬぐいをしぼり、あつい額をふいてやった。

「入院させましょう」

「そうですか。そのほうが安心でしょうな」

医師は玄関で妻と小声で相談しながら引きあげていった。

「どうします？」

「どうするって、決めたじゃないか」勝呂は怒鳴るように言った。「入院させるんだ」

「お金のほう大丈夫？　あなた」

「何とかする」

あの二万円をこういう時、使わないでおくべきだったと思ったが、仕方なかった。しかし入院すれば二万円ではすまないだろう。


「昨日、母さんはSさんの音楽会に行ってきました。あなたも知っているように、今の母さんにとって、そう度々、音楽会には行けぬし（経済的な事情のため）でもSさんは母さんがモギレフスキ先生に習っていた時の友だちでしたから、どうしても聴きにいきたいと思ったのです。もう八年も会っていませんが、会っていないから余計に聴きたかったのです。でも正直に言って、演奏が進むに、母さんはひどく失望しました。演奏曲目はセザール・フランクのソナタという曲（あなたもいつか聴きなさい）でしたが、Sさんはテクニックだけで弾いています。

母さんはながい間、苦労して、一人ぽっちで生活して、あなたの面倒も見てあげられなかったけれど、それを償うためにも勉強だけはしてきました。毎日、毎日、勉強だけはしてきました。だから自分の勉強から言ってもSさんのヴァイオリンが、テクニックだけで、音楽というものが何もわかっていないことを感じました。テクニックだけのことなら、練習で誰でもうまくなれますが、音楽にはもっと高い、もっともっと高い何かがあるのだと母さんはいつも思っているのです。演奏会が終って一人で夜道を歩きながら、あなたのことを考えました。そしてあなたもテクニックだけの人生を生きるような人間にならないでほしいと思いました。たとえ周りの人がそれを安楽だとすすめても。」

学校から帰るとその手紙が机の上にきちんとおかれていた。これを置いたのはあきらかに義母だった。義母はどんな気持でこの手紙を郵便物のなかからえりわけ、勝呂の机においたのだろうか。勝呂は音のしない廊下をちらっと窺《うかが》いながら封筒を切る。母の手紙はいつもこの調子だった。それは彼を悲しくさせ、不安にさせる。母は自分に余りに期待しすぎている。彼女が歩いたと同じ人生を彼に要求する。それが愛情で裏づけられているだけに彼にはいつしか重荷になっていった。彼の体には母の血も流れていたが、同時に父から受けた性格もまじっていた。反撥《はんぱつ》しながらも、父と同じように安穏で何事もない人生を歩こうとする傾向もまじっていた。

「母さんは他のものはあなたに与えることはできなかったけれど、普通の母親たちとちがって、自分の人生をあなたに与えることができるのだと——それを今はあなたにたいするおわびの気持と一緒に自分に言いきかせているのです。アスハルトの道は安全だから誰だって歩きます。危険がないから誰だって歩きます。でもうしろを振りかえってみれば、その安全な道には自分の足あとなんか一つだって残っていやしない。海の砂浜は歩きにくい。歩きにくいけれどもうしろをふりかえれば、自分の足あとが一つ一つ残っている。そんな人生を母さんはえらびました。あなたも決してアスハルトの道など歩くようなつまらぬ人生を送らないで下さい。母さんは近頃、心臓が悪いらしく、時々、胸が急にしめつけられるような感じがするので困っています。」

その手紙を読んだ時も勝呂の心に浮かんだ不安は、母の心臓のことよりは、アスハルトの道を歩くなという何時《いつ》もの言葉だった。引出しにその手紙をかくすように入れたのは、もし掃除の時など義母に見つかっては困るという配慮だった。母の手紙だけは誰にも——特に父や伯母や義母にはさわられたくはなかった。しかし、彼にとって秘密のその内容は今までと同じように心に重かった。

畳の上に引っくりかえり、夕暮まで彼はただ、天井の染《し》みを見つめていた。母の手紙にかかわらず、彼は勉強をする気にはなれなかった。それは父にたいするかすかな復讐《ふくしゅう》のためであり、成績をよくすることによって父を悦ばしたくはなかったからでもあった。寝ころんでいる彼をちらっと見て、義母が黙ったまま部屋に入ってきた。そして彼女は黙ったまま、洗濯した勝呂の靴下や下着を簞笥《たんす》の中にしまうと部屋を出ていった。その背中にはいかにも自分は義務だけをテキパキと果しているのだという感情があらわれていた。

「母さんがいつ、演奏会をするのかとあなたは言ってきたけれど、今のところその気は全くありません。人に発表するだけのものがまだ自分にできていないからです。テクニックだけではなく、もっと高いものが音楽にある筈なのに、母さんにはそれがいくら勉強してもまだつかめないからです。でも一つの音のなかから母さんは音以上のものをとらえてみたいと考えています。ただ近頃は心臓のほうが更に悪く、みなから顔がむくんだなどと言われています。」

月見の晩で義母は縁側に薄《すすき》を入れた花瓶をおき団子をそなえた。晩御飯のあと、風呂をあびた父は浴衣《ゆかた》がけで団扇《うちわ》を使いながら、縁側に坐ると、

「いい月だぞ。来てみなさい」

それから彼は、うまそうに麦酒《ビール》を飲み、義母にも一杯飲まないかと誘った。

「こうして一家そろって、月見をする。結構なことだ」と父は機嫌よく勝呂と義母を見た。

「今年も何事もなく、だれからも後指をさされず……、これが幸福というもんだな」

「また、父さんの訓話がはじまった」と義母は勝呂に団子をとってやりながら言った。

「それには聞きあきましたよ」

「聞きあきてもいい。本当のことを言っとるんだから」

月の光は小さな庭や、庭のむこう側の原っぱを白々と照らしていた。時々、阪急電車が音をたてて通りすぎた。勝呂は膝《ひざ》の上に皿をのせた父の満足そうな横顔をみていた。団子を食べている父の顳顬《こめかみ》がひくひく動いている。義母の顳顬もひくひく動いている。その二人の横顔を窺いながら、この二人は、今、心の奥で母の存在をどう考えているのだろうかと勝呂はひそかに思う。父の浸っている安穏な幸福の背後に孤独な女が一人いたことを忘れているのだろうか。父と義母にたいするかすかな憎しみに駆られ勝呂は皿を手にもったままうつむいた。

「どうした、食べないのか」

「おやおや、いつもは五つも、六つも食べるくせに」

義母がそう言うと勝呂は仕方なく弱々しい微笑を頬にうかべた。そしてそんな愛想笑いをうかべた自分にたまらない嫌悪《けんお》を感じた。

帝国ホテルのロビーで勝呂は畏《かしこま》って坐っていた。靴のよごれや膝のぬけたズボンがこんな所にくると妙に恥ずかしく、気になって仕方がなかった。周りの外人たちがじろじろと自分をみつめているような気がした。

肥《ふと》ったSさんはロビーの真中でたちどまり、ボーイから勝呂の場所を教えられるとうなずいて、つかつかと寄ってきた。新聞や雑誌でみるよりずっと老《ふ》け、不健康そうだったし、その上、若づくりの化粧や服装をしているだけに、かえって皺が目だつのである。

「あんたがお節さんの息子さん」彼女は大きな眼で勝呂の身なりを調べながら言った。「むかし会ったことがあるわね。大連で。まだ、こんなに、あんた小さかったでしょう」

ハンドバッグから、煙草《たばこ》と、小さな鑵《かん》をとりだし、白い丸薬を口に入れながら、「ぜいぜい言うでしょう。心臓が悪いの」

「母も心臓が悪かったんです」

「知ってるわ」

彼女は煙草に火をつけた。むかし、大連で勝呂の家に泊った時、彼女の喫《す》った煙草の火口《ほくち》が闇《やみ》のなかに赤く点滅していたことを思いだす。Sさんはあの時、母がヴァイオリンをやめたことを責めていたのだ。

「不運な人だったねえ。お節さんは」

その言葉も彼を少し傷つけた。父から見れば、結婚生活さえまともにできなかった母。しかし同じヴァイオリンをやるこのSさんから不運だと言われれば勝呂には言いかえす言葉がない。帰国して一度も演奏会を開かなかった母。いや、開かなかったのではなく開けなかったのだ。一介の音楽教師にヴァイオリンの演奏会を開いてやろうなどと申し出る人間がこの世にいるだろうか。

「お節さんは結局……」Sさんは丸薬をもう一錠、口に放りこんで「たづなを、しぼりすぎたのね」

「たづなを？」

「ええ、たづなを決してゆるめることがなかった。あれじゃあねえ……」

そのあとの言葉をSさんは口に出さなかった。しかしその語調から、彼女がどのような眼で母を見ているかわかった。煙草をはさんだSさんの指。しかしその指は母のそれほどは潰れていなかった。ヴァイオリンの絃に切れて固い皮のように変色していなかった。

Sさんに礼を言い、ホテルの外に出ると雨がふっていた。その雨のなかを濡れながら歩いていると、烈しい怒りが胸をふきあげてきた。父が母について何かを言うのはいい。あの父は俗人だからだ。伯母が母についてどう考えてもいい。あの伯母は人生について何もしらぬからだ。しかし母の教え子である鮎川さん、母の音楽学校時代からの友人であるSさん、その人たちまで今は母の生き方を蔑《さげす》むような言い方をするのは耐えられなかった。

「音楽より、もっと高いものを」と母は幾度も手紙に書いてきた。その高いものを求めた女が、彼の母だった。その母が、世間からこういう眼でみられている。あなたたちには母の生き方がわかるまい。あなたたちがわからなくても、子供の俺にはわかると彼は呟《つぶや》きつづける。

そのくせ、家に戻ると彼の興奮は幾分、おさまっていた。妻の弟が退屈そうに留守番をしており、玄関をあけた彼をみると、

「お帰りなさい。姉は稔ちゃんの病院にいきましたよ」

二日前、入院した稔は小児麻痺の疑いは晴れたが、喘息《ぜんそく》気味の気管支炎だということがわかり、もう四、五日、そっとしておいたほうがいいという病院側の話でまだ入院させているのだ。

弟が帰ったあと、仕事にとりかかった。今日の翻訳は意外に手まどり、夕暮、妻が帰った時も、五、六枚しかすすまない。暗くなった台所で妻は包丁をカタコトならしながら晩飯の支度をしている。彼女の妹が、かわって今晩、稔につきそってくれるのだそうである。

包みのなかから父の原稿をとり出して、めくってみた。李商隠などという中国の詩人のことは勝呂は興味もない。父はただ、何かをするためにむかしから好きだったこの詩人のことを書いたのだろう。彼は頁《ページ》をとばして、所謂《いわゆる》「あと書」めいたものに何気なく眼を走らせた。「この詩人を、わたくしは今日まで嬉《うれ》しいにつけ、悲しいにつけ、読みかえしてきました。そのたびごとに心の琴線にふれるものがあるのをおぼえました」

原稿を袋に入れながら勝呂はうす笑いをうかべた。むかし父が、文学などは趣味でやるべきものだと言った言葉が急に頭にひらめいた。その男が、あと書にせよ、このような尤《もっと》もらしいことをしるすのは滑稽《こっけい》であり愚劣だった。しかしその父は今、とも角も世間的には無事安泰に老年をむかえてこのような原稿を書き、それを息子に託して出版しようなどと考えている。（母は演奏会さえ開けなかったのだ）怒りがまた胸のなかからこみあげ、彼は水を飲むために台所にいった。

「仕事は終ったんですか」と妻は彼に訊ねた。「話があるんですけど」

「何だ」

「病院費が意外に高かったの。検査料なんか合わせて三万円ぐらい。どうなさる」

彼は黙っていた。どうなさると言いながら妻が心の中で考えていることがよくわかったからである。

「お前の着物」勝呂は不機嫌な声で言った。「売ればいいじゃないか」

「そんなことしなくても……お父さまに拝借できないかしら」

「いやだ」と彼は首をふった。「親爺《おやじ》なんかには借りたくない」

しかし、勝呂は、結局は自分が父にその三万円を借りにいくであろうことを知っていた。今まで、妻の出産の時や彼が風邪で寝こんだ年末など、父から金を借りたことがあったからだ。

「お父さまに借りたくないと言って……当《あて》があるんですか」

「だから、お前の着物を売れと言っているじゃないか」

彼は妻が泣きだすまで、いつまでも強情にその言葉を言い続けていた。妻は泣きながら、あなたには父を軽蔑《けいべつ》する資格なんかないわと叫んだ。

「何も知らんくせに……生意気を言うな」

「言いますとも、あなたなんか、お父さまぐらいにも、なれないんじゃありませんか」

勝呂の手は震え、思わず妻を撲《なぐ》ろうとしたが、撲れなかった。彼はうつむいて母の死顔を思いうかべた。暗いアパートの一室、ゴムの植木鉢が片隅におかれており、母の青白い額にはまだ苦しそうな翳《かげ》が残っていた。

雑種の犬

「棄《す》ててきて下さいよ、この犬。あなたは始めから雌だと知っていたんでしょ」

「いや、知らなかった」彼は懸命に首をふった。「本当に知らなかったんだよ」

「困った人ねえ。雄だ、雄だと言うから信じていたのに」

彼と妻とが自分のことを話していると知らず、クウは赤い首輪のついた首を一寸《ちょっと》、まげ、きょとんとした眼で夫婦を見あげた。十歳になる息子は少し遠くに離れながら二人の口論を聞いている。

「稔。棄てていいのか。クウを」

「ぼく……」と息子は当惑した顔をみせた。

「どっちでもいいよ。ママがいけないって言うなら仕方ないじゃないか」

妻は犬にしろ猫にしろ動物を家で飼うのは大嫌いだった。「結局、御飯をやったり、糞《ふん》の掃除をしたりするのはあたしなんですからね。あなたはただ頭を撫《な》でていればいいいんだから」と彼女は言う。その通りだった。にもかかわらず彼は結婚以来十年、いく度も嫌な顔をする妻をなだめて小鳥を飼いつづけた。猫も拾ってきたことがある。(その猫は今の家に引越した時、どこかに逃げてしまったのだ)

問題のクウも彼の家の一員とするまで妻を説得せねばならなかった。その上、彼の息子は母親に似て、小さな動物にほとんど無関心だった。散歩の途中、近所の牛乳屋で三匹のブチや白の仔犬《こいぬ》が箱から首を出して鼻をならしているのをみつけた時も、思わずしゃがみこんだのは彼のほうで、息子は知らん顔をしていた。

「可愛《かわい》いねえ」

「そうですか」牛乳屋の細君は嬉《うれ》しそうに「四匹生れたんですけどね。一匹、お客さんがくれくれと言ってね、もっていきましたよ」

「ほしいねえ、ぼくも」

「じゃあ、もっていって下さいよ。いずれは誰かに引きとってもらわねばならないんだから」

「よしなよ」と息子が彼の手を引張ってそっと言った。

「ママが怒るよ。それに雑種じゃないか、こいつ」

勝呂《すぐろ》は雑種だからこの仔犬が可愛かったのである。なぜかしらないが、同じ犬でも血統のいい小悧口《こりこう》な犬は性にあわなかった。臆病《おくびょう》で、人がよい、雑種犬が彼は好きだ。

「母親も雑種だったね」

「ええ、スピッツの血が交っているんだけど」

「スピッツは嫌だ。雑種ならいい」

彼は結局、箱のなかの三匹から白い仔犬を一匹えらんだ。股《また》をみると小さな突起物があったから雄だと思った。そいつは可哀想《かわいそう》に右の眼が左の眼より小さくて、しかも右眼のまわりだけが茶色い。眼鏡をかけたようにみえる。彼の腕の中で仔犬はだらしなく眠りこけていた。

「知らないよ。ぼく」と息子は溜息《ためいき》をついて言った。「ママは叱《しか》るだろうなあ」

予想したようにその夜、妻はがみがみと言いはじめた。彼はそんな時、いつもするように黙って聞いていた。神妙に聞いているふりだけして、相手の口が疲れてくるのを待っていた。

それから、

「俺はねえ、他の連中のようにマージャンもゴルフもしないだろ。酒だってほとんど飲まないし、女遊びもしない。たのしみと言うもんは何もないんだ。(とそこで彼は言葉を切り、寂しそうにうつむいてみせた)……たった一つ、小鳥やこんな仔犬を飼うことも駄目なのか」

勝呂の妻はそれほど性悪な女ではなかったから、この言葉に黙りこんでしまった。そして渋々だが、この仔犬を彼が世話するという条件で飼うことを認めた。


息子と同じ年齢の頃、彼は大連に住んでいた。家には茶色い雑種の犬がいた。はじめは一人前の名を持っていたが、あまり食べる犬なのでみんなはいつか「クウ」とよぶようになった。

気だてはよくて家族のうちで勝呂には一番なついた。

アカシヤの花が大連の街に咲く五月、ランドセルをだらしなく背負って学校に行く彼のあとをクウはいつも従《つ》いてきた。途中で追いかえそうとしても、一寸たちどまって尾をふってみせるだけで、またのこのことうしろを歩いてくる。授業の間は運動場の隅に寝そべって彼が出てくるのをいつも待っていた。

「この犬には満洲犬の血がまじっているのさ」と彼は得意になって友だちに説明した。「みろよ。舌が赤くないだろ。一寸、青いだろ。満洲犬はみんなそうなんだってさ」

学校がすむと彼はまたクウをつれて家に戻る。ランドセルをそっと玄関に放りこんで、母親にみつからぬように外に出ていく。みつかれば宿題をやれと言われるからだった。西公苑《こうえん》には大きなポプラの木の下で苦力《クーリー》がいつも昼寝をしているが、そこにはメダカがとれる流れがあった。彼が遊んでいる間、クウは木の下で顔を前足にのせたまま、母親のようにじっと彼を見まもっていた。

もらってきた白い仔犬を彼はクウと名づけた。少年時代、飼ったクウとは毛の色も顔もちがうが、食欲だけはひどく旺盛《おうせい》で腹が異常に膨れるまで食べるところはそっくりだった。

朝、眼をさますと勝呂はすぐ勝手口を覗《のぞ》いてみる。ボロボロの古毛布を敷いた木箱のなかでクウは待ちかまえていたように尾を懸命にふり、片足をあげて寝ころがり、お腹《なか》を掻《か》けとせがむのである。疣《いぼ》のように小さな乳がみえるその腹をかいてやると、片足を痙攣《けいれん》したように動かす。

「みろ、俺にだけ、こんなに懐《なつ》いている」

そう彼は自慢したが、妻は吐きすてるように、

「誰にだってこの犬はそうなんだから」

そう言われてみると、事実、クウは御用聞きにも郵便配達夫にも這《は》うような恰好《かっこう》をして近より尾をふってすぐ仰向《あおむ》けになるのだった。雑種犬は毛なみの良い犬とはちが

って、そうしなければ食物にありつけぬことを本能的に知っているのだろう。戦後まもない頃、勝呂の先輩の家に一匹の犬が迷いこんできたが、この犬はその後、一週間のうち月水金は先輩の家の番を勤め、火木土は別の家の飼犬になりすましていたそうである。食糧の不足した戦争直後だったから、雑種犬もそのくらいの智慧《ちえ》を働かせねばならなかったのだとその先輩は言っていた。

「そんな馬鹿《ばか》なことがあるもんですか」

「本当かどうかは知らんよ。でもそれほど雑種という奴《やつ》はいじらしいんだ」

クウは、息子がおあずけやお坐《すわ》りを教えても一向におぼえなかった。自分がおぼえないことをすまないと思っているのか、恐縮したような顔をする。

「ばっかじゃないのか。この犬」

息子は次第に飽きたのか犬に見むきもしなくなっていた。学校から戻ってクウが尾をふって、庭でお八つをたべている彼に近よっても、

「ノオ・ノオ」

追っぱらうだけである。

「お前、なぜこいつが嫌いなんだ」

「だって汚いもの。それに頭だってよくない。名犬ラッシーみたいならいいんだけ

ど」

「可愛がってやればどんな犬だって悧口になるさ」

「駄目。もともと雑種だからね。生れつきぬけているんだよ」

勝呂は嫌な顔をした。子供を叱ろうと思ったが、どう叱っていいのか、言葉にまよい、口を噤《つぐ》んだ。

（親爺《おやじ》とお袋とが別れた時、俺はこいつと同じ十歳だった）と彼はクウを叱りつけている息子をみながら考えた。

その年の冬から、勝呂の父と母との仲は険悪になっていった。夜の食事に父がいない時が多くなった。時たま、三人で食卓をかこんでも父は母からできるだけ眼をそらせ、つめたい表情で口を動かしていた。母は勝呂にだけ妙にやさしい声をかけてくる。なぜ両親がこのように争っているのか子供の彼にはわからない。勝呂はただおどおどとしながら父と母との顔色をうかがい食事をつづけたものだった。

食事がすむと、応接間にいつまでも灯がともる。今考えると父と母とが離婚の相談をしていたのだったが、その頃の彼にはこちらにまで聞えてくる父の烈《はげ》しい怒声や母のすすり泣きがたまらなく辛《つら》かった。耳穴に指を入れて勝呂はそれらの声をきくまいとした。

大連の冬は四時頃から日が暗くなる。凍《し》み雪にペチカの黒い煤煙《ばいえん》が這うように流れ、家々の灯がともる頃まで勝呂は学校に残るか、学校を出ても家にはすぐ戻らず外を歩きまわった。家に帰って、暗い部屋のなかで灰色の石像のようにじっと坐ったまま何かを考えている母の姿を見たくなかったからである。その時、彼のあとをいつもクウだけがついてきた。クウはたちどまり、苦力《クーリー》が道路の端に集めた雪の中に鼻をつっこみせわしげにその雪をかきちらし、あるいは黄色い小便の痕《あと》をそこに残しながらもどこまでもついてきた。彼がたちどまると、首をかしげ、哀《かな》しそうな眼で勝呂をじっと見つめた。

「横溝君、遊ぼう」

「駄目。もうすぐ晩御飯だから」

冬のこんな夕暮には、友だちも外には出てこなかったから、彼は一人で歩きつづけねばならない。

「嫌だなあ……」

どうしても家に戻らねばならなくなった時、勝呂はふかい溜息をついた。彼が引きかえすと、クウもくるりと向きをかえ、またそのあとを忍耐づよくついてきた。雪の中に顔を突っこみその雪に穴をほり、それから勝呂のあとを走ってついてくる。家に戻ると、またあの辛い夕食や母親のすすり泣きがはじまる。

（こいつは俺のような目に会わなかったから）時々、勝呂は思うことがある。

（犬にも親しみを感じないのだろうか）

息子が邪険にクウを追い払うのを見ると、勝呂は今日まで妻と別れないで過してきたことを良かったと思う。もちろん彼のような男にだって細君にたいする不満は幾つでもある。しかし、妻と別れようなどとは一度も考えなかったのは、何よりも息子に自分が味わった少年時代の孤独を経験させたくなかったからだった。父親と母親とが憎みあい傷つけあった毎日、彼は自分の辛さをうちあける相手をもっていなかった。母親は父の悪口を聞かせ、父親は思い出したように彼に優しい声をかける。だが父にやさしくされることは勝呂にとっては重荷だった。それは母を裏切るような気がするからである。だから彼は、犬にだけ自分の悲しみを訴えたのである。あの一匹の黒い雑種犬だけが少年時代の勝呂の伴侶《はんりょ》であり、その孤独を知っていた。彼は首をかしげ、哀しそうな眼で夕暮の雪のなかに立ちどまった主人をじっと見るのだった。

「恥ずかしいわ。この犬」

と妻が言った。

「どうしてだ」

「今日、肉屋に行ったのよ。クウものこのこついてきたの。そしたらどこかの奥さんがグレートデンって言うのかしら、大きな立派な犬をつれてきたんだけど肉屋の兄ちゃんが骨を放ってやっても見向きもしないの。それなのにクウときたら大悦《おおよろこ》びで飛びつくんでしょう、まるで家で何も餌《えさ》をやってないみたい。やはり雑種はちがうなあなんて肉屋の兄ちゃんが聞えよがしに言うし」

「そんなこと訓練で解決する問題じゃないか」

「おあずけ一つ憶《おぼ》えられない犬に訓練もないでしょ。ねえ、やっぱり牛乳屋さんに返しましょうよ、そんなに犬を飼いたいならもっとチャンとした犬をもらってきて下さいよ」

「そうだよ、パパ。名犬ラッシーみたいな犬をもらってきてよ」

息子までが母親にあわせてそんなことを言う。彼は不機嫌になり新聞に眼を落した。彼が腹をたてたのはたんに犬だけの事ではなかった。妻や息子のそういう考え方が嫌だったのである。

昨年、自動車を売るか売らないかという時も、今と同じような気分を味わった。それは三カ年、彼の家で使ったボロのオースチンを売って新しい車に代えようと妻が言いだした時だ。

「頭金さえ何とかすればあとは月賦《げっぷ》でまかなえるしその方が得よ」

だが彼はそのボロ車に奇妙な愛着をもっていた。車体の恰好も不細工で塗りも剝《は》げかかっている。坂道をのぼる時、その古いオースチンはまるで喘《あえ》ぐような音をどこかでたてる。だがその音をきくたびに彼は、これは俺とそっくりだ、肥《ふと》った女房と子供とを背負って人生を喘ぎながら登っていくこの俺だと時々思うことがあった。胸部手術で片肺をなくし、一寸した坂道をのぼるにもハアハアと言う彼はこのポンコツ車にそっくりだった。

「嫌だ。俺は売りたくない」

「だってあれはもうすぐ使いものにならなくなるのよ」

「使いものにならなくなったら……お前、売るのか」

妻は当り前じゃないの、と言った。息子も恰好の悪い車は嫌だと言った。その時勝呂は今と同じような不快な気持で黙りこんだ。

「そうよ。どうして」

「雑種だと言われて恥ずかしかったら……これはペルシャ犬ですとも何故《なぜ》言わない」

妻は笑いだし、そのおかげでこの時も、クウを棄てることはどうやらまぬがれた。

だが肉屋での出来事と同じようなことはその後も次々と起った。彼と妻と息子とが散歩をしている時など、本物のスピッツをつれた奥さんが向うから来る。偽物《にせもの》のスピッツであるクウは尾をふって本物のスピッツによっていくがやはりどこか似ていてどこか違う。本物のスピッツはふしぎそうな眼でクウをみる。奥さんは軽蔑《けいべつ》したようなうす笑いを頬にうかべて通りすぎていく。

「ああ、恥ずかしい、ぼく」

息子はきこえよがしに言う。

ある日、同じ大連にいる父の姉がやってきた。金色の指輪をはめ、肱《ひじ》をついて紙巻煙草《たばこ》をふかすこの伯母を勝呂は前からあまり好きではなかった。三日も四日も彼女は勝呂の家に泊り、母の姿がみえないと急に声をひそめ父と何かを話していた。

夕暮、彼女は突然、子供部屋に入ってきた。少年雑誌の付録の模型を作っていた彼がふりむくと、くわえ煙草のまま畳にちらばっているナイフや糊《のり》や紙をかたづけながら、

「お年玉には早いが、おばちゃんお小遣やろうか」

と言った。

警戒した眼で勝呂は伯母をみつめた。子供心にも彼女が今、自分に何か重大なことを言いにきたのだと感じたからである。

「あのなあ、お前にはまだようわからんかも知れんが、母ちゃんは一寸、内地に帰ることになってってね」

「なぜ」

「色々、大切な用事があるから。なあに、二カ月か三カ月したらすぐ戻るよ。でお前その間おばちゃんの所に来んか」

勝呂は黙っていたが、伯母が今、自分に嘘《うそ》をついていることぐらいわかっていた。母が内地に帰れば、あるいは戻ってこないのではないかという不安が胸にこみあげてきた。

「おばちゃんの所に来んか。なあ、そうしなさい」

伯母は声だけはやさしく、しかし勝呂がいやと言えぬような強い調子でそう言った。だが伯母だけではなく母までが二、三カ月内地に帰るだけだと確約したので、勝呂の不安は幾分静まった。

ある朝、目をさました時、母はもういなかった。父も伯母もいなかった。満人の女中にきくとみんなは母を送りに港に行ったのだと言う。勝呂はその時、自分がだまされていたことをはっきりと知った。

伯母の家にあずけられることになって、馬車に学校のランドセルやトランクと一緒に乗った時、クウが門の前まで駆けてきた。

「クウはどうするの」

「母ちゃんが戻ってくるまでクウも温和《おとな》しくお留守番するだろ」伯母は父の顔をちらっと見ながら言った。「時々、お前、会いにくればいい。伯母ちゃんのところでは伯父ちゃんが犬が嫌いだから連れて行けないんだよ」

満人の馭者《ぎょしゃ》は値段が折りあわぬと言って父にまだ文句を言っていた。クウはその間、遠くから勝呂をみていた。彼が名をよぶと尾っぽだけを弱々しくふるが近よらない。馬がこわいのである。馬車が動きだすとあとをついてきた。そしてもう追いつけぬとわかると、立ったままいつまでもこちらを見送っていた。


自分の少年時代のうち、その頃のことを勝呂は息子に一度も話したことはない。だがむかしの自分に似た顔や体格を持っている息子が庭でボール投げをしたり畳の上にひっくりかえって漫画本を読んでいるのを見る時、彼はあの頃の自分の姿を息子の上に重ねようとする。いや、息子から、あの頃の自分の姿を思い出す。息子もいつかは不幸や別れというものを味わわねばならぬ時がくるだろうが、その時期をできるだけ遅らせてやるのが、親の仕事かとも考える。（お前と同じ十歳の時、父さんは……）と酒など飲んだ時言いかけて口をつぐむ。なぜ自分が雑種の犬が好きなのか、それを説明してやることもできない。

「大変だよ。パパ」

ある日、その息子が走って戻ってくると硝子戸《ガラスど》を音をたてて開けた。

「雌なんだって」

「静かにしなさい」妻はこわい顔をした。「その硝子はヒビがはいっているのだから」

「うちのクウね、あれ雌なんだって」

「そんな馬鹿な。誰が言った」

「佐田さんところの大学生さんが。ぼくが雄だと言ったら笑って雌だって。保証してもいいってさ。なぜかと言うと、こいつには金玉がないんだって」

勝呂が当惑した顔で妻をみた。雄だからふえる心配はないと思い牛乳屋からもらってきたのである。股にも小芋のような突起物があった。

「金玉がないんだってさ。金玉が」

「そんな言葉……使うんじゃ、ありません」

「じゃあ、何と言えばいいの」

妻は息子を大声で叱りつけ、それから男のように腕をくんで、彼をみあげた。

「え？　どうするんです。あなた」

「馬鹿な話だよ。あきらかに雄じゃないか。お前だってそう思うだろ」

「調べて下さい」

彼は庭に出てクウを呼んだ。妻や息子に決して嘘をついたのではなかった。勝呂自身もこのクウを、この三カ月、雄だと信じていたのである。だが待てよ。あいつはしゃがむような恰好で小便をしていた。それは仔犬のせいだと自分は思っていたのだが……。

「どうだったんです」

犬の股を覗きこんでいる勝呂に妻は硝子戸から首をだして声をかけた。彼は黙っていた。突起物とみえたのは雄の象徴ではなかった。それに大学生の言うように睾丸《こうがん》もなかった。

「あなた、約束ですからね。牛乳屋に返してきて下さい」

「しかし、三カ月も家族の一員だったんだから」

「お願いですよ。この上、次から次へと仔犬まで生れちゃあ、かないやしない」

妻は自分で息子を叱ったくせに烈しい音をたてて硝子戸をしめた。

「パパ、やっぱり返したほうがいいよ」息子が慰めるように言った。「ぼくがついていってやるからさ」

仕方なく勝呂はクウをつれて家を出た。夕靄《ゆうもや》のなかでクウはあっちこっちの電信柱をかぎ、叢《くさむら》に鼻を入れ、あとをついてくる。クウと勝呂はよぶ。するとこの雑種の犬は彼を見あげて弱々しく尾をふる。大連で別のクウが、彼を哀しそうにみつめ、尾をふってついてきたように。

六日間の旅行

その料亭の泉水にはおびただしい数の鯉《こい》がいた。叔父が仲居と何か話をしている間、妻と私とは座敷から夜の庭に出た。大木にとりかこまれた池に無数の鯉の群れが列をつくり泳ぎまわっている。巨大な黒い鯉の周りを小さな鯉が何匹もかこんでいる。体をぶつけ合い、体をねじらせ、時々、勢いあまって水から飛びあがるものさえいる。鮭《さけ》の群れが産卵のため川を遡《さかのぼ》っていくのに似ている。

「で、君のお袋のことを、小説に書くと言うんだね」

この市の大学で教師をしている叔父は不器用な手つきで川魚をむしりながら訊《たず》ねた。

「今じゃありませんが。前から母のことは小説に書かねばならんとそう思っていたんです。でも」私は同意を求める微笑を頰につくって「差し障《さわ》りのある人が沢山いますしね。その人たちがまだ生きておる。まだ、書けません」

「そうだな、君のお袋は、烈《はげ》しい女だったからな。俺たち弟も随分、学んだが、随分、傷もつけられたさ。絶交だって何回したか、わかりゃしない」

「しかしお袋は……人生を本当に生きた、という女ですよ。ぼくみたいにフヤケた生き方じゃない」

そんな時いつも私のまぶたに浮ぶ思い出の一つが、また甦《よみがえ》った。三十年前の大連の冬である。氷柱《つらら》が窓にぶらさがっている。ねそべった私の前で母がヴァイオリンを飽くことなく弾きつづけている。部屋のなかは既に薄暗い。それなのに母はまだ灯もつけず、たった一つの旋律を幾十回となく繰りかえしながら弾きつづける。二時間前に、母の顎《あご》と首とが、充血して赤くなっているのを見た。指の先から血が滲《にじ》んでいるのも見た。それなのにやめない。声をかけても返事もしない。あの頃私は怖《おそ》ろしかったぐらいである。

「あんな性格はぼくにはない」

「俺にも俺の兄貴にもないさ」叔父は苦笑した。「君のお袋と、その下の姉にあっただけだ」

「栄子叔母がそうだったそうですね」

この叔父のすぐ上の姉――つまり母の妹のことはかすかに私も憶《おぼ》えている。甥《おい》の口から言うのは変だが、子供心にも華やかな美しい顔の叔母だと思った。まだ小さい時、この叔母につれられてお祭を見にいったことがある。叔母は私がびっくりするほど色々な菓子を私に買ってくれた。そして家に戻ってからそのことで母と烈しい喧嘩《けんか》をした。彼女は後に失恋して自殺したのである。

「屋島の断崖《だんがい》から飛びおりて死ぬなんて。ああいう姉に愛された男は……ちょうど道《どう》成寺《じょうじ》の安珍のような気持だったろうな。普通の男にはつき合いきれんよ」

叔父の言う通りだと私は思う。叔母の恋人だけではない。父のような田舎者の東大生には上野音楽学校のヴァイオリン科の女生徒はまぶしく見えたにちがいないのだ。地方出身の大学生だった父が母とどのように交際をしたのか、その点はまだわからぬ。だが、この安全なアスファルト道を望んだ男にとっては結婚後、母の烈しさが耐えられなかったのだろう。後年、父は口癖のように「平凡が一番倖《しあわ》せだ。何も起らぬことが一番、倖せだ」と言っていた。あれは母との生活にたいする反動だったのだ。十年間、母にひきずりまわされたこの男は離婚後母との過去を忘れるためにも手がたい、地味な人生だけを求めていた。何も起らぬこと。平凡であること。そして私が文学をやろうとした時彼が依怙地《いこじ》なまで反対したのは自分の息子のなかに再び母の面影を見つけるのが不快だったからにちがいない。今の私には父が母を捨てた理由はわかる。私だって一人の夫としては母のような女とはとても生活できぬ。にもかかわらず、私は父を憎んでいる。一生おそらく憎みつづけるだろう。

「君のお父さんはお元気かね。長いことお目にかからないが」

「元気の筈《はず》です。もっともずっと絶交していますが」

「へえ」

叔父は驚いたように口まで運んでいた盃《さかずき》をおいて私の顔をみた。

「どうしてだい」

私は曖昧《あいまい》な笑い方をして横にいる妻の顔をみる。妻も困ったようにうす笑いをしている。母とはおそらく似ても似つかぬ女。この旅行中も東京に残してきた小学生の息子に電話ばかりかけている女。父がおそらく望んだようなそんな女と結婚した私なのに、なぜその父を許せないのか自分でもよくわからない。たった一つ、わかっていることは、母にたいするどうにもならぬ私の愛着なのだ。

「父が大学時代、母に恋をした気持はわかるような気がしますが、彼女のほうはどうして、あんな男を愛したんでしょうね」

「あんな男?」叔父は自分の父親にそんな冷酷な批評を下した私をたしなめるように言った。「君のお袋は君のようなツマらぬ子供も愛したんだぜ」

「なるほど」

私は少し自分を恥じた。私は父を一人の男として突っぱね、距離をおいて理解することができる。だが母のこととなるとすぐ美化してしまう。これではどんなに材料がそろっても、彼女を小説のなかで描くことはできなかった。

「お袋、何度、恋愛したんです。叔父さんの知っている限り」

「三度かな。一度目のことはよく知らん。しかし君のお父さんのこととももう一人のことなら、幾分は知っている。一高の学生の頃だったからな」

「父との結婚を家で許さないので、家出をしたって本当ですか」

「家出は始めてじゃないさ。音楽学校に行くことを反対されると家出をしたからね。君のお袋は」

この叔父や母が育った家は岡山県笠岡町のきびしい医者だった。私の母は岡山の女学校を出ると上野音楽学校に行きたがったが、祖父も祖母も許さなかった。女学校を卒業して半年目、突然、母はその家を失踪《しっそう》した。そして学資を作るため東京で女中奉公をやったのだそうである。その話は母の生きていた頃、その口から聞いて知っていた。

「二番目の家出は俺の兄のところからだ。当時、君のお袋は兄貴夫婦の家に住んでいたからね。ある日突然、みえなくなった。行先はわかっていた。そこで東大生だった君のお父さんの下宿先をさがすと、そこにもう住んでいた」

「いいなあ」私は誇らしげに妻の顔をかえりみた。「自慢したいぐらいだよ。そんなお袋を」

「しかし、あれを姑《しゅうとめ》にしたら……あんた苦労しましたよ」

「三番目の恋愛って……相手は誰です」

私は少し調子に乗りすぎていた。叔父の顔が暗くなった。

「言っていいかな。嫌じゃないのかね。そんな話をして」

「なぜです。母親の過去の秘密を知ることが、ですか」

「君がお袋さんに持っているイメージが崩れないかと思って。じゃあ言おう。君の父親の兄さんだ」

「え」

私は息をのんだ。この事実は、私も今日まで知らなかった。私は父の兄という人を見たことがなかった。外語学校の卒業でなんでもブラジルに渡り、アマゾンの奥地で開拓事業をやっているうちに行方不明になったことは聞いたことはあったが……。

「ブラジルに行った伯父ですか」

「そうだよ。君のお母さんもそのあとを追っかけてブラジルに行こうとしたんだぜ。

しかし、やめたんだよ。色々な事情があってね」

「親父《おやじ》、そのことを知っていたのですか」

「知っていたよ」

　平凡が一番倖せだ。何も起らないことが人間にとって一番倖せだと口癖のように言っていた父の細ながい顔と小さな小心そうな眼とがうかんだ。その言葉を今、この叔父から聞いた事件にひっかける時、何かわかるような気がする。

「親父の兄貴はどうしてブラジルに行ったんです」

「おそらく君のお父さんにすまんと思ったからだろうね。いや、それよりも、これまた清姫《きよひめ》から逃げていった安珍の心理かもしれん。男を愛する時は、俺の姉たちはいつもそうだった。君のお袋も限界がなかった。体当りでどんな障碍《しょうがい》も越えていったろ」

「うん、だが愛された男たちはたまらないな」

　私は母とすごした五年間を思いだして呟《つぶや》いた。父と離別して大連から神戸に引きあげた後五年間、私は母と二人で生活をした。母がそれ以後カトリックの信仰に自分の生き方を選びはじめた五年間である。彼女は私にも洗礼を受けさせた。そして毎朝どんな理由があっても朝のミサに行かせた。他の子供たちがまだ暖かな蒲団《ふとん》にもぐっている一月、二月の朝でも、私はまだ真暗な凍《い》てついた道を半時間も歩いて母と一緒に早朝のミサに通ったのだった。寒い教会の中にはフランス人の司祭が一人だけミサをあげ、我々親子を除いては二人の老婆《ろうば》が祈っているだけだった。それは怠惰な十二歳の少年にはかなり辛《つら》い日課だったが、母は決してそれをサボることを許さなかった。

「そうさ。彼女たちのそばにいる男には、たまらなかったよ」

「でも叔父さんだって、ぼくのお袋のことを愛しているでしょう」

「ああ。今となってはなつかしいよ。やっぱり」

その夜、妻と宿屋に戻って、寝床についてから私は妻にはじめて訊ねた。

「どう思う。俺のお袋」

妻は母に会ったことはなかった。私たちが結婚する二年前に母は死んだからである。

「そうねえ。お母さまのような生き方……羨《うらや》ましいけど、とてもわたしたちにはできないわ」

「どうして」

「ある人を倖せにするかもしれないけど、別の人をそれだけ傷つけるでしょう。やはりわたしにはそれが耐えられないもの」

酒を飲んだせいかまぶたの裏に赤い炎のようなものが動いている。母のなかにも赤く燃えていた炎のようなもの——どんな人でもそれにふれれば人生に痕跡《こんせき》を受けた。

焦《こ》げて父のようにみじめな灰になる男もあれば、別の人のように自分もまた赤く燃える者もいた。

翌日、汽車のなかで私は母を主人公にした小説のことをまた考えつづけていた。しかし、それはまだ当分、書けそうもないだろう。彼女がふれた幾人かの人のことで、叔父の知らぬ人間がいる。その人たちはまだ生きている。のみならず私は小説家になる時、父から自分や家のことは絶対に書いてくれるなと言われた。その約束をした以上、たとえ父と義絶をしても書けないものがあった。

福岡から長崎にむかう海岸を汽車は走っていた。雨がふり海には白い波が泡だっていた。夏むきのバンガローが見え、防風林の松林が続いている。

「このあたり、風が強いのね」と妻は言った。「どの枝もこちら側に体をねじまげているわ」

妻の言う通り、背のひくい松の林は、その枝を海とは反対の方向に向けていた。幹も葉もどことなく白っぽく埃《ほこり》と砂とによごれている。雨にぬれた浜にトラックが一台とまり、二、三人の男が砂利をすくっている。

「お袋にぶつかった人たちのようだな。この松林は」

昨夜、妻が呟いたように、母は彼女の周りの人間を倖せにするか傷つけるか、した。

少なくとも炎のようなもので、相手の人生の上に一つの痕跡を残した。もし彼女を、その人が知らなければ、その人の人生は別のものになっていたかもしれぬ。冬の雨をふくんだ風がこれら松の向きを変えるように母は周りの人々の人生の向きを変えた。

「とても、とても」

と私はひとり言を言って首をふった。妻と同じように私にはとてもそういう生き方は耐えられそうにない。長い間、私が人間の業《ごう》とか罪とかは一人の人間がもう一人の人間の人生に決定的な方向を与えることだと考えていたがそれは自分の母の生き方を見たせいかもしれぬ。私にはそのような相手は女房、子供だけで沢山だった。小説家でありながら今日まで私が常識的な生活を好んで送るのはおそらくそのためなのだろう。

長崎で用事をすますと飛行機で大阪に向った。直接、帰京する計画を二日のばして大阪に寄る気になったのは、自分が少年時代、母とすごした家や場所を妻にも見せておきたいと思ったからである。そして三日前、叔父が私に始めて話をした母の三番目の恋人であった父の兄について今、少し知りたいと思ったからである。その子供は大阪に住んでいる。従弟《いとこ》でありながら私は彼とほとんど交際していない。特に父と絶交してからは、全く赤の他人のような間柄になってしまった。

私自身でさえ何年ぶりかで見る阪神地方は少年時代とはすっかり変っていた。特にひどいのは背後の六甲山脈が破壊されて白い山肌を露出しはじめていることだった。東京と同じようにここも住宅会社がブルドーザーで到《いた》る所を削っている。

私たち親子が住んだ家はまだ昔の場所に残っていた。が、ここも昔の面影は全くない。空地だった場所には同じ恰好《かっこう》をした公団住宅がならび、あの頃あった松林は切倒されてそこにはマーケットやパチンコ屋や医院が並んでいた。変っていないのは道だけだった。

「この道を通って、毎朝」と私は妻に説明した。「教会に行かされたもんさ」

母は私が起きる一時間前に起き、身じまいを終えると自分の部屋でロザリオの祈りをやっていた。私の寝室から母の部屋の窓に暗い灯がともり彼女が祈っている影がみえた。私は溜息《ためいき》をつきのろのろと服に着かえそれから下におりていく。冬など、朝というよりはまだ夜そのものの外に出ると、道は霜で凍っている。カトリックの教会はそこから歩いて三十分の場所にある。母は道の途中、ほとんどものを言わぬ。祈っているのだ。私は眠さと闘いながらやっとたどりついた教会の中でじっとしている。時々、居眠りをすると母の固い肱《ひじ》が私を突っつく。フランス人の司祭が祭壇にかがみこむ影が蠟燭《ろうそく》の光に照らされて壁にうつる。日曜日はそれでもかなりの信者の集まるこの内陣のなかで、ミサにあずかっているのは私たち二人の他は、司祭の身の周りの世話をする二人の老婆だけだった。

「辛かったでしょう」と妻は微笑しながら私に言った。「そんなに早く起きるのは。今のあなたから想像もできないわ」

「かなりこたえたぜ」

しかし可笑《おか》しな話だがその頃私にも今とちがった素直な信仰があり、将来、司祭になろうかなどと本気で考えたものである。勿論《もちろん》、それは少年時代の一時的な興奮か感傷かにすぎなかったが、少なくとも当時、母はこの世界で一番高いものは何にもまして聖なる世界であると吹きこもうとしていた。むかし男たちで充《み》たされなかった愛を今、神にむけだした母は宗教音楽の勉強を手さぐりでやっていた。カトリックの幾つかの女学校で音楽を教えている彼女はどうにか生活には困らなかったが、力を学校よりはグレゴリアン聖歌の勉強に捧《ささ》げたのである。時々、私をつれて大阪や神戸で開かれる音楽会を聞きにいった。その帰り道、いつも蔑《さげす》むように母は言った。「あんなのテクニックだけだよ。一番大事なことがわかっていないんだね。あの人たちは」彼女が一番尊敬している音楽家といえば、音楽学校時代に教えてもらった幸田露伴の妹の安藤幸《こう》という人だけだった。

「見ろよ」私は、近所の家のなかからもう古びてしまった幾つかの家を指さして妻に言った。「信じられんかもしれんが、あの家もこの家もお袋がみな基督《キリスト》教信者にさせた家なんだよ」

私たちがここに住んだ時、このあたりにはまだ二十軒ほどの家しかなかった。ここから神戸や大阪に行く中流サラリーマンの家である。その細君たちは始めは、毎朝、早くから起きて教会に出かけていく親子を訝《いぶか》しげな眼と好奇心との眼で眺めていた。やがて一人の母親が娘をつれてきて、ヴァイオリンを教えてほしいと頼みにきた。それから、次々と交渉がはじまった。やがて彼女たちは母と教会に行くようになり二年、三年の後に洗礼をうけだした。妻の次にその夫たちのなかで司祭に紹介してくれるように言うものがでてきた。言うまでもなく、それは、容易《やさ》しくはいかず、母は彼等に基督教を伝えるために必死に飛びまわったのである。母が死んだ時、これらの人の中には、わざわざ東京まで出てきてくれる者もあり、そして葬式がすんで墓地までいく親類の行列のなかにその人たちもいつまでも加わっていた。

「この人たちのうち三人はもう死んでしまったな」

「じゃあ、お墓まいりをなさいよ」と妻は言った。「あなた、子供の時、その人たちにもお世話になったんでしょう」

カトリック墓地は私があの頃通った教会の隣接地にある。私は妻の言うことはもっともだと思った。三十年前、文字通り朝の明星を背にいただきながら私たち親子がたどった道はもう両側にぎっしり住宅が並んでいたが、フランス人の司祭が一人、孤独な影をかがめながらミサをたてていた教会も墓地も昔のままに残っている。母は私が東京のカトリック墓地に埋めたために、その墓はここにないが、そのフランス人の司祭も、母によって教会につれていかれた三人の人たちもここで眠っているのである。

墓地の真中にはあまり良くないルルドの聖母像があり、それを中心にして木と石の墓標が並んでいた。小さなつむじ風が墓地の隅でくるくるとまわり埃を舞いあげていた。私はまず、フランス人の司祭の墓で手を合わせ、それからUさん夫婦とKさんの墓の前にたった。

「ここの御主人は父親のように可愛《かわい》がってくれたんだ」

「そうですか」

山下汽船の社員だったUさんの墓には、ペテロ、という洗礼名がきざまれている。始めは彼の妻が教会に行くことさえ烈しく怒った人である。だがやがて妻が洗礼を受け、私の母と一緒に日曜のミサにつれだっていくようになると、時々、Uさんも一緒についてくるようになったのだ。五年前、この夫婦は次々と死んだが、妻を亡《な》くした彼に送った私の手紙に、Uさんはこんな返事をくれた。「もし、あなたの御母堂が近所に住んでおられなかったら、私も家内も別の人生を歩いたことでしょう」

黒ずんだ花崗岩《かこうがん》の墓を見ながら急にその手紙の言葉が思いだされてくる。一昨日みた海岸の防風林。風にねじまげられ枝の向きをこちらにかえた松林。母はUさん夫婦やKさんだけではなく、ここの多くの人たちの人生の方向を変えた。私も信じている基督にその顔を向けさせた。そして彼等の子供のなかには神学生になってヨーロッパに留学したものもあれば、トラピスト修道院の修道女になった人もいるのだ。（私は妻以外たった一人に対してもそんな大それたことはできなかった）

その午後父の兄の遺族を訪れることにした。

「急にたずねたりして、嫌な感じを受けないかしら」

と妻は心配したが、私は首をふって、

「仕方ないさ。ただ俺はお袋が他人に与えた痕跡をどうしても見たいんだよ」

ホテルから私は伯父の息子の耕一に電話をした。耕一などと気やすく言ったが、本当は耕一さんと呼ぶべきであろう。だがこの従弟には血縁にたいする親しみも懐《なつ》かしさもない。全くといってよいほど会ったことがないからだ。

「なぜ、そんなことになったんですか」

「なぜって。つまり、親父は昔から何となくあの家族には疎遠《そえん》にしていたからね。何となくじゃない。俺にも今、やっと理由がわかったんだが……」

受話器に出てきたのは耕一さんではなくその細君だった。かすれた声から私は顔色が蒼黒《あおぐろ》くて首によごれた包帯を巻いているような女を想像した。

「病院に入院しとりますねん」

「病院ですか」

「それが胸を悪うしましたんや。あんた」

住所を聞き、果物籠《かご》を妻に買わせて大阪の南端まで出かけた。夕方ちかい奈良街道に西陽があたりトラックや自家用車が一寸きざみで、私をいらいらさせた。こんなことは珍しいのだとタクシーの運転手はしきりに弁解をした。

壁のうすよごれた私立病院の二階に耕一さんは入院していた。外の道路から子供たちの歌う声がきこえる。突然たずねた私にびっくりしてこの従弟はむくんだ茶色い顔をあげ、いくら寝ていてくれと頼んでも、寝台の上で恐縮していた。時々、大阪に来られまっかと彼はひくい声でたずねた。私は受話器で聞いた彼の細君のかすれた、つやのない声を思いだし、いや滅多に来ませんよと答えると耕一さんは黙ったまま、こっちの持参した果物籠を見つめていた。

「伯父さん、亡くなられてから、もう何年になりますかなあ」

「三十年になります」

「じゃあ、耕一さん、まだ小さい時だね。遺体は結局、見つからなかったのですか」

「駄目でしてん。酒のんで原始林に入ったんやから」

伯父は周りの者がいくらとめても酒をやめなかった。耕一さんの話だとその酒も上質のものではなく、晩年は原地人の飲む強い地酒をあおっていたため、すっかり胃をやられていたそうである。そしてその日も酔って原始林に入ってしまった。道をまよったのはそのためだろう。彼は一度も日本に戻らず、戻りたくないと言いつづけていたそうである。

「お袋がいくら日本に戻ろ、言うても嫌だと頑張りましてん」

私はそっと耕一さんの黄ばんだ顔をうかがった。しかしその表情には格別な変化はない。耕一さんは自分の父と、私の母との事件を知らないらしかった。なぜなら伯父はむこうに行ってから、当時サンパウロの日本人料理店の女中をやっていた伯母と結婚したからである。

お大事に、と言って、暗くなった病室を出た。寝台の上に正座した耕一さんは両手を膝《ひざ》の上においてホッとしたように細い首をまげた。出会いがしらに食事を病室にくばっている看護婦にぶつかりそうになった。

何もそうだと言う確証があるわけではない。しかしクレゾールの臭《にお》いのする陽の翳《かげ》った階段をおりながら私は母が不幸にした一人の男の顔を想像した。男はブラジルで酒をのみ、弟夫婦のいる日本にどうしても帰るまいと言った。そして原始林のなかで行方不明になった。もちろん、それは母のせいではないかもしれぬ。しかしそうだと言う証拠もないように、そうでないと言う証拠もない。たとえそうでなくても母がいなければ伯父はブラジルなどに行かなかったであろう、幸福な結婚をして静かな晩年を送っていたかもしれないのだ。そしてその子供も耕一さんのように破産しかかった飲食店などをやらずちゃんと大学を出て、まともなサラリーマンになっていたかもしれぬ。風はこの一本の樹《き》をもねじまげ、その枝をある方向に向けさせた。屋島の断崖から飛びおりた栄子叔母の男は今どういう風に生きてるのだろう。母はそんな女の姉である。その母のような女に体あたりで愛された伯父が、何の痕跡も心に受けなかったとはとても考えられぬ。

翌日は日曜日。私たち夫婦はあの教会にミサをあずかりに行った。妻の眼から見れば、ゴシック式を真似《まね》た尖塔《せんとう》や十字架のあるこの平凡な教会は、しかし、私の少年時代の思い出が壁にも庭の夾竹桃《きょうちくとう》にもしみこんでいるのだ。私が冬の朝、寒さにかじかんだ手に息をかけながら押した聖堂の扉も当時のままだし、母にかくれるようにして居眠りをしていた祈禱席《きとうせき》もそのままである。ちがっているのは、あの時、やせた鳥のような影を壁にうつし祭壇にかがみこんでいたフランス人の司祭の代りに、日本人の若い神父がミサをあげていることだった。そして席をいっぱい埋めた信者たちの群れ。私の知らぬ顔、私を知らぬ顔、学生や娘たちが、母の好きだったグレゴリアン聖歌を歌っている。子供をつれたサラリーマン夫婦たち。自衛隊の制服をきた隊員までそのなかにまじっている。私は知っている人の背中を探そうとする。

知っている人たちはたしかにそこにいたのだが、こちらは迂闊《うかつ》にも自分が年をとったと同じように、その人たちも老人になり老婆になったということを少し忘れていたようである。彼等が聖体を拝受して眼をふせながら自分の席に戻ってくる時、私はやっとそれがTさんであり、Nさんであり、Nさんの奥さんであることに気がついた。そしていずれもあの頃は、今の自分よりもっと若い人たちばかりだったのである。そして彼等を最初にこの教会につれていったのは、他ならぬ母だったのだ。

「ああ」

Nさんの奥さんはミサのあと、自分の前にたった私を見あげると、皺《しわ》の多い顔を笑いでゆがめた。私の周りにはTさんやNさんやKさんがすぐとりかこみ、肩を叩《たた》いてくれたり手をさしのべたりしてくれた。

「テレビみんな見てますねん。あんたの出るテレビはいつでも見てますのやで」Nさんの奥さんは顔を赤くしている私の手を握ったまま、皆にきこえるように大声で言った。

「テレビに出られるようになるまでお母さんが生きてはったらねえ、ほんまにテレビにも出られるぐらいになったんやから」

その私を、コーラスを歌っていた学生や娘たちがニヤニヤしながら遠くから眺めていた。私はTさんやNさんの老いた顔のなかに、そのふくらんだ眼《ま》ぶたや皺のよった頬に、母の残した痕跡を見つけようとした。これらの人の心に基督の光を導き入れたものはほかならぬ母であった。だが彼女は生きている時、同時に自分がいなかったら、みじめにならなかった別の人間たちのことをどう考えただろうかと私は考えた。

帰京してから半月ほどたって、渋谷を車で通りすぎていた。上通《かみとお》りのあたりに来るとフロントガラスを細かい雨が濡《ぬ》らしはじめ、スリップをおそれて私は速度をおとし、ゆっくりと道玄坂をおりはじめた。中折帽をかむった一人の老人が、霧雨のなかで夕クシーをむなしく探していた。父だった。絶交してから話をしたいとも顔をみたいとも一度も思ったことはなかったが、その五年間にひどく瘦《や》せ、肩のあたりがうすくなったように思えた。胸の底から憐憫《れんびん》の情が一時にこみあげてきた。（憐憫以外に私はどんな感情も感じなかった）だがその感情を押し潰《つぶ》すように私はアクセルを強く踏んだ。車は歩道の縁に立っている父の横を通りぬけ、一瞬、中折帽をかむったその体が間近にみえたが、すぐ消えてしまった。

影法師

この手紙を本当に出すのかどうかわかりません。今日まで僕は貴方《あなた》へ三度ほど手紙を書いたことがある。しかし途中でやめたり、書き終えても机の引出しに入れたまま、結局、出さずじまいだった。

だがその毎度、筆を動かしながら、これは貴方にむかって書いている手紙ではない、事実は自分に宛《あ》てた手紙ではないか、自分の不安を鎮《しず》め、自分の心を納得させるためのものではないかと思うことがありました。結局、手紙を出さずじまいだったのも、書いたところで無意味な気がしたり、心の底がどうしても充《み》たされなかったためでしょう。だが、今は少し違う。今は完全とは言えぬが、僕のなかには貴方が起したあの事件についてもやっと心を納得させるものが少しずつ生れているような気がするのです。

だが何から語りはじめればよいのか。少年時代、日本に来たばかりの貴方に会った思い出からしゃべればいいのか。それとも母が死んだ日、貴方が駆けつけた僕のために玄関の扉をあけて「駄目でした」と首をふられた時から語ればいいのか。

実は昨日、貴方に会ったのです。もちろん貴方は僕がそこにいたことも、自分が見られていることも御存知なかった。貴方はテーブルにつき、一皿の食事が運ばれるまで、古い黒い鞄《かばん》から（その鞄には僕は記憶がありました）本をとりだして読みはじめていた。その姿は昔、貴方が司祭だった時、食事の前に聖務日禱《にっとう》の本をとり出して開いておられた姿を思い出させました。渋谷の小さなレストランですが、霧雨が降って、曇った硝子《ガラス》窓《まど》のむこうに歩道を歩く人間たちの姿がまるで水族館の魚のように見えた。僕はそこでスポーツ新聞をひろげながら、片手でライスカレーのスプーンを口に運んでいました。僕の好きな大洋の選手がトレードに出るというニュースがその一面に大きく出ていたからです。その下に友人の連載小説が掲載されていました。

ふと顔をあげると隅で、黒服を着た外人が背中をこちらにむけて着席しようとしていた。びっくりしました。六年ぶりで見る貴方だったからです。そして我々二人の席は二十米《メートル》ぐらい離れていて、その間に四、五人の会社員が同じテーブルを囲んでハンバーグ・ステーキを食べていました。「フロントギヤーは使いにくくて仕方がないね」「いや、そんなもんじゃないよ」彼等のそんな声が耳に届きました。その一人のはげあがった額に十円銅貨ほどの赤黒いアザがありました。

貴方は水を入れたコップを運んできた若い給仕に愛想よい笑顔でメニューの一部を指さし、給仕がうなずいて離れると膝《ひざ》の上においた黒い古い鞄から英語の本をとりだして読みはじめた。英語かどうかわかりません。とに角、横文字の本です。(老《ふ》けたなあ)と思いました。(老けこんだなあ)こんなことを言っては宣教師だった貴方に失礼かもしれぬが、貴方は若い頃非常に美男子だった。初めてあの神戸の病院で貴方に会った頃、少年のくせに僕は貴方の彫刻のような彫りのふかい顔や葡萄色《ぶどういろ》の澄んだ眼をみて、つくづく、男前やなアと思ったのを憶《おぼ》えています。その顔が、今、老いで蝕《むしば》まれ、栗色《くりいろ》の髪がうすくなり(もっとも僕のそれもかなり乏しくなりましたが)そして眼の下が、何かセルロイドの一片でもはさんだようにふくらみ赤くなっていました。僕はその顔のなかに、あの事件を起してからの、貴方の孤独を嗅《か》ぎとろうとしました。それにこの異郷のなかで妻子をかかえて、稼がねばならぬ貴方の苦労や、友人もなく助ける者も失ってしまった貴方の辛《つら》さを確かめようとしました。

立ちあがって、そばに寄り、やあ、しばらくと言いたかったが言えなかった僕は椅《い》子《す》に坐《すわ》ったまま、興信所の所員のように新聞で顔をかくしながら貴方を観察していた。たしかに好奇心が働いていました。小説家としての興味も手伝っていました。しかし、それだけではない。心のなかに何か引きとめる大きな力があってそれが貴方のところまで行かせなかったのです。その引きとめた力に似たものを今からこの手紙で書きます。とに角、こっちは貴方をそっと窺《うかが》っていた。やがて給仕が一皿の料理を貴方のところに運んできた。貴方はさっきと同じように笑顔でうなずき、それから、ハンカチをナプキン代りに胸にぶらさげた。こっちはまだじっと観察している。そして貴方は椅子をきちんと引いて姿勢をただすと指を胸まであげ、皆にみられぬくらいの速さで十字を切った。僕はその時、言い知れぬ感動をおぼえました。(そうか)そんな感動でした。(やっぱりそうだったのか)

僕を貴方のテーブルに行かせるのを、とどめた力——それを説明するのはむつかしい。言いかえればそれは僕の人生を形成した重要な流れの一つだからです。今日までその流れに手を入れて小説家として僕は色々な小説を書いてきました。自分の河床に沈澱《ちんでん》したものを拾いあげ、その塵埃《じんあい》を洗い除き、それを組みたてる。その中にはまだ拾いあげていない重要なものがあります。貴方が見たことのない僕の父、貴方が生涯、色々と面倒をみて下さった僕の母、それをまだ小説に書いてはいない。そして貴方自身にも僕は手をつけなかった。いや、嘘《うそ》だ。僕はあなたのことを、小説家になってから三度、人にわからぬように変形させて書いています。貴方は、あの事件以来、僕にとって長い間、文字通り重要な作中人物でした。重要な作中人物なのに貴方を書いた小説はほとんど失敗してきた。理由はわかっている。それは僕がまだ貴方をしっかり摑《つか》めていなかったからだ。しかし失敗をつづけたにかかわらず、貴方は僕の心の世界にひっかかるのを決してやめなかった。払いのければどんなに楽だったか。しかし、僕にとって母や貴方をどうして払いのけることができましょう。

この河を時折ふりかえる時、どうしても、僕が洗礼を受けさせられたあの阪神の小さな教会が心に浮ぶ。今でもそのままに残っている小さな小さなカトリック教会。贋《にせ》ゴシックの尖塔《せんとう》と金色の十字架と夾竹桃《きょうちくとう》の樹《き》のある庭。あれは、貴方も御存知のように僕の母がその烈《はげ》しい性格のため父と別れて僕をつれて満洲大連から帰国し、彼女の姉をたよって阪神に住んだ頃です。その姉が熱心な信者でしたし、母は孤独な心を姉の奨《すす》めるままに信仰で癒《いや》しはじめていました。そして僕も必然的に伯母や母につれられて、その教会に出かけたのでした。フランス人の司祭が一人、その教会をあずかっていました。やがて戦争が烈しくなるとこのピレネー生れの司祭はある日、踏みこんできた二人の憲兵に連れていかれました。スパイの嫌疑を受けたのです。

だが、それはずっとあとのことだ。中国では戦争が始まっていましたが、時代は日本カトリック教会にとってまだそんなに苦しくなかった。クリスマスになれば、深夜、ハレルヤの鐘を高らかに鳴らすことができましたし、復活祭の日は花が門にも扉にも飾られ、外人の娘たちのように白いヴェールをかぶった女の子を近所の悪童たちが羨《うらや》ましそうに眺め、僕たちは大得意でした。その復活祭にフランス人の司祭が十人の子供たちを一列にならべ一人一人に「あなたは基督《キリスト》を信じますか」とたずねました。すると一人一人が「信じます」と鸚鵡《おうむ》返しに答えたのでした。僕もその一人だった。他の子供たちの口調をまねて僕も「はい、信じます」と大声で叫びました。

夏休み、教会では神学生がよく子供たちに紙芝居をみせてくれました。六甲山にハイキングにもつれていってくれた。その神学生が帰郷すると、僕らはよく庭でキャッチボールをしたものです。球がそれて窓硝子にぶつかると、フランス人の司祭が満面朱をそそいだ顔を窓から出して怒鳴りました。父に別れた母は暗い表情で伯母と何かを相談していましたし、僕にとっては決して仕合せだとはいえなかった毎日でしたが、それでも大連にいた頃にくらべれば両親の争いのなかで一人苦しむ必要はなく、まず秩序のあった時だと思います。

その教会に時折、一人の老外人がやって来るのでした。信者たちの集まらぬ時間を選んで司祭館にそっと入る彼を僕は野球をしながら見て知っていました。「あれは誰」伯母や母に訊《たず》ねましたが、彼女たちはなぜか眼をそらせ黙っていました。しかし足を曳《ひ》きずるように歩くこの男のことを僕は仲間から教えてもらいました。「あいつ、追い出されたんやで」神父のくせに日本人の女性と結婚し、教会から追放された彼のことを信者たちは決して口には出さず、まるでその名を口に出しただけで自分の信仰が穢《けが》れると言うように口をつぐんだものです。そっと会ってやるのは、あのピレネー生れのフランス人司祭だけだった。僕自身と言えば、そんなこの老人を怖《おそ》ろしいような、そのくせ好奇心と快感との入りまじった感情でそっと窺っていたものです。幼年の頃、大連で育った僕は、あの植民地の町で故国を追われた白系ロシヤ人の年寄りたちを幾人か見ましたが、その一人でロシヤパンを日本人街に売りにくる老人の顔がこの男のそれに重なりました。どちらも、古びたと言うよりはこわれたと言った方が感じの出る外套《がいとう》を着て、首に手編みの大きな襟巻をまき、リューマチの足を曳きずるようにして、時々、よごれた大きなハンカチで鼻をかむ仕種《しぐさ》までそっくりだったからです。が、今思えば、彼等が持っていたあの孤独な翳《かげ》には、それまで自分たちの芯《しん》の芯まで支えていたものから追放されたものが等しくあったのです。

あれは夏休みの夕暮でした。僕は路《みち》を歩いていました。おそらく野球でもやりにいくつもりだったのでしょう。夕暮の光が強く照りつけた教会の門前で僕は突然、この老人にぶつかりそうになりました。こちらは彼がそこから出てくるとは少しも考えていなかった。びっくりして立ちどまり、体を石のように固くしている僕に、この老人は何か言葉をかけました。何を言っているのかわからなかった。ただ気持が悪く、怖ろしいという気持でいっぱいでした。僕は首をふり、急いで、聖堂にのぼる石段を駆けあがろうとしました。と、大きな手が僕の肩にかかりました。「心配はいらない」とか「こわがることはありません」と老人は片言の日本語でそんな意味のことを言っていたのです。彼の息が臭かった。こっちは必死で逃げました。ただ哀《かな》しそうに僕をその時、見つめた相手の葡萄色の眼だけがわかりました。家に戻ってから母にこの出来事を話しましたが、黙っていました。そして二、三日もたつと、勿論《もちろん》、僕もそのことを忘れてしまいました。

ふしぎなのはその出来事があってから一カ月して貴方が僕の人生に姿を見せたのです。その偶然が今、僕にはまるで自分の人生の河にとって大きな意味があるもののように思えてなりません。一年前ある長い小説を書きながら、屢々《しばしば》、僕はこの偶然を考えました。その小説のなかで僕はくたびれ、疲れ果て、そして磨滅して凹《へこ》んだ踏絵の基督の顔と、西洋の宗教画に出てくるような静謐《せいひつ》と浄《きよ》らかさと情熱に充ちた基督の顔とを主人公のなかに対比させました。その時、イメージとして心に思いうかべていたのは、あの頃の貴方の顔とあの追放された老人の顔でした。

僕がその年の秋、盲腸炎にかかって灘《なだ》の聖愛病院に入院した時、手術後の抜糸がすんで、伯母と母とからお粥《かゆ》を食べさせてもらっていた僕の病室に突然、貴方は入ってきた。母たちはびっくりして立ちあがりました。いわゆる神父さまが入ってきたから驚いたのではない。それまで僕らの見た司祭は、あの教会の司祭といい、そのほかの神父たちといい、痩《や》せこけて度の強く厚い眼鏡をかけたような人たちばかりでした。特に日本人の神父ときたら、日本人か二世かわからぬ恰好《かっこう》にみえました。その時、扉をあけてあらわれた貴方は全くちがっていた。がっしりとした体を真白なローマン・カラーのついた手入れの行き届いた黒服につつみ、栄養のいい顔に紳士的な微笑をうかべた貴方は、僕ら三人の日本人をどぎまぎさせるに充分でした。貴方は丁寧に伯母と母とに挨拶《あいさつ》をすると、箸《はし》と茶碗《ちゃわん》を手に持ったまま体を石のように固くしている僕を見おろしました。貴方の日本語はかなり流暢《りゅうちょう》だった。こっちは額に汗をかきながら懸命に答えたのです。「はい、もう元気です」「いえ、寂しくありません」と。そして貴方が出ていったあと、僕が「男前やなあ」と叫ぶと、母もふかい溜息《ためいき》をつきました。「惜しいわねえ。あんな人が結婚もしないで神父になるなんて」、それから伯母がその母の失言を怒りはじめました。

しかし母はひどく貴方に興味を持ったようでした。病室を訪れると、必ず貴方がもう来たかどうかを僕にたずねました。

「うるせえな、知らねえや」

僕は何か不快な感じがして、わざと下品な言葉遣いをしたものです。しかし女としての好奇心から、母は貴方がスペインの士官学校を出た軍人だったこと、後に考えるところあって軍人をやめ司祭の道をえらび、神学校に入ったことや、日本に来てから、加古川の修道院に一年もいたことなどを聞きこんできました。

「あの人は普通の神父さんと違うのよ。学者の家に生れたんですよ。ああいう立派な息子を持ったお母さんは本当に仕合せだろうな」

母は僕を励ますようにそう言いましたが、こっちは子供心にもそれが息子に言いきかせている言葉ではないのを感じていました。

退院してからも母は僕をつれて、たびたびこの病院をたずねました。彼女は普通の神父たちの話には飽き足りなかったのです。洗礼こそ受けていましたが、きつい性格を持っている彼女には自分の眼の前に突然あらわれた貴方から、渇《かつ》えていたものを充たされると思えたのでしょう。小心で安全な人生のアスファルト道を歩きたかった父にはこんな母の生き方が耐えられなかったのです。姉にすすめられ、一時の孤独をまぎらわすため通いだした基督教が、今は母にとって本当のものになりはじめました。

彼女は阪神の幾つかの学校で音楽を教えるかたわら、次々と貴方が貸してくれる本をむさぼるように読みだしました。そしてその頃から彼女の生活が一変しました。まるで修道女と同じようにきびしい祈りの生活を自分に課し僕にも課したのです。毎朝、僕をつれてミサに行き、暇さえあればロザリオをくっていました。彼女は僕まで貴方のような司祭に育てることさえ考えはじめていたようです。

ここでは僕は貴方と母との精神的な交渉は書かないつもりです。しかし、二年後、貴方は私の伯母や母の指導司祭として家に土曜日ごと訪れるようになりました。伯母の友人や教会の信者たちも集まってきました。今だから白状しますが、僕には貴方が来られるその日はかなり苦痛でした。母はいつもより僕に更にきびしく、手を洗わせ、散髪に行かせ「神父さまがいらしったら、きちんとして頂戴《ちょうだい》」と厳命するからでした。いや、それよりも大人たちにまじって、貴方の話をきいても何が僕にわかったでしょう。緊張しているせいか、それに疲れやすい体質のせいか（子供の頃から僕が体の弱かったことは、貴方もよくご存知です）僕は母のそばで睡魔と闘うだけでいっぱいでした。旧約聖書も新約聖書も基督もモーゼもどうでもいい。膝を自分でつねり、他のことを考え、退屈と次第に重くなってくるまぶたと闘うだけで、こっちは精一杯だったのです。母が怖ろしい眼で僕を睨《にら》む。それがこわさに、やっと一時間をどうにか眠らずに防ぎきることができるのでした。

夏の朝ならとも角、冬の朝だって母は僕が教会に行くことを怠るのを許しませんでした。五時半。まだ暗闇《くらやみ》が空の大半にひっかかり、どの家も眠りこけている時に、黙って祈りながら歩いている彼女のうしろから僕は手を息で暖めながら霜で凍った路を歩いて教会に通ったものです。例のフランス人の司祭が祭壇の暗い灯のそばで、両手を合わせたり、体をかがめたりして一人でミサを唱え、その影が壁にうつり、冷えきった聖堂のなかで跪《ひざまず》いているのは、二人の老婆《ろうば》と僕たち親子だけでした。祈るようなふりをして僕が居眠りをすると、母がこわい顔をして睨むのでした。

「そんなことで、神父さまのようになれると思うの」

神父さまとは貴方のことでした。貴方が彼女にとって、僕の未来の理想像であり、そうならねばならぬ人間像になったのです。必然的に僕は貴方に反撥《はんぱつ》し、貴方の清潔な服装、手入れの行き届いた顔や指がイヤになりました。貴方の自信ありげな微笑や、学識や信仰がイヤになりました。憶えておられますか。あの頃から僕の学校の成績が次第に落ちはじめたことを。僕はその頃、中学校二年でしたが、意識的に怠惰なだらしない少年になろうとしはじめたのです。なぜなら怠惰でだらしない人間とはまさしく貴方の反対の人間でしたから。貴方のように自分の信仰や生き方に深い信念と自信をもって生きる男に息子を仕立てようとする母にたいする反抗から、僕はわざと勉強を怠りできるだけ劣等生になろうとしました。もちろん、母の手前、勉強机にむかうふりをしても、僕は何もしなかったのです。

あの頃、僕は一匹の犬を飼っていました。近所の鰻屋《うなぎや》でもらった雑種犬でした。兄弟もなく、また両親の複雑な別居から、本当に哀しみをわかちあう友だちも持てなかった僕は、こののろまな犬を非常に可愛《かわい》がっていました。今でも僕の小説にはしばしば犬や小鳥が登場しますが、それはたんなる装飾ではありません。あの頃、僕にとっては、あまり人には言えぬ少年の孤独をわかってくれるような気がしたのはこの雑種の犬だけでした。今日でも、犬のうるんだ悲しげな眼をみると、僕はなぜか基督の眼を思いうかべます。もちろん、その基督とは、昔の貴方のように自分の生き方に自信をもっていた基督ではありません。人々に踏まれながらその足の下からじっと人間をみつめている疲れ果てた踏絵の基督です。

例によって成績が悪くなったことに母は怒りだしました。彼女から貴方は相談をうけたらしい。貴方は、母親に心配をかけぬように勉強をすべきであると、僕に少しきびしい顔をして忠告をしました。こっちは、(何を言ってやがる、西洋人のくせに)と心の中で呟《つぶや》いていました。そして忠告したのが貴方だというそれだけの理由から益々《ますます》、怠惰をきめこみました。貴方は西洋の家庭では子供にもう少し罰を与えている、努力することを怠った少年にはそれだけの罰が与えられねばならぬと、ある日、伯母と母とに教えたようでした。そして三学期に相も変らず成績の悪かった僕を罰するため、犬を棄《す》てることを母に命じたわけです。

あの時の辛さは今でもはっきり憶えています。僕は勿論、その言いつけを聞こうとしませんでした。そして学校から帰ってみると、わが愛犬はもう姿を消していました。母は近所の小僧に頼んで、犬をどこかに連れていかせたのです。このことはもう貴方もきっと憶えておられないでしょう。貴方にとっては犬は勉強にたいする僕の集中力をそらす障碍《しょうがい》にしか見えなかったでしょうし、犬を棄てることは、僕のため良かれかしという気持から出たのですから。今は僕は勿論、あのことを恨んでなどいません。だが、そんな些細《ささい》な思い出をここにとりあげたのは一つには、あれがいかにも貴方らしい行為だったように見えるからです。弱さ、怠惰、だらしなさ、そういうものを貴方は自分のなかにも他人のなかにも一番嫌っていました。おそらくそれは貴方の家庭がそうだったからでしょう。あるいは軍人教育を受けたという貴方の教育がそうさせたのかもしれません。「人間は強くならねばならぬ。努力せねばならぬ。生活でも信仰でも自分を鍛えねばならぬ」貴方はそう口には出して言いませんでしたが、実生活でそれを自分で実践していました。貴方がどんなに活動的に布教という仕事にとりくまれたか、自分の神学研究を怠らなかったか、誰だって知っています。非難の余地は少しもなかった。誰もが貴方を（母と同じように）立派な方だと尊敬した。たった一人、僕だけが子供心にもその非難の余地のない貴方に苦しみはじめたのでした。

僕にとって不幸なことには、その頃、貴方は新しい仕事をやることになった。基督教の学生や生徒のための寮が御影《みかげ》の高台にできて、聖愛病院の専任神父だった貴方がこの寮の指導司祭になったことです。「こういう仕事はあんまり向かないですが」いつものように聖書講義に集まった人たちの前で貴方は困ったような顔をしていました。「しかし、上からの命令で引きうけなければなりませんね」そのくせ、貴方はこの仕事に興味を持っているようでした。母はその帰り道に、僕にその寄宿舎に入ってみる気持はないかと急に言いだしました。母としては少しでも貴方のそばで僕が生活すれば、落ちた成績も元通りになり、信仰的にも向上するのではないかと考えたのです。こちらは幾度も厭《いや》だと言いましたが貴方も御存知だったきつい母の性格です。その年また馨《かんば》しくない通信簿をもらって帰った僕は、遂《つい》に貴方が舎監になって半年目のあの寄宿舎に入れられました。

厳格な寄宿舎でした。おそらく貴方が当時、模範としたのは西洋の神学校の寄宿舎か、士官学校の寮ではなかったのですか。言いわけをするのではありませんが、僕だってあの頃、努力をしたのだ。しかし、万事が裏目裏目とでた。貴方が僕に「よかれかし」と思うことがそうは思えなかった。僕が悪意でなくやったことも、貴方には僕の弱さに見えた。貴方は僕を「母のために」鍛えなおし、叩《たた》きなおそうとした。その槌《つち》が僕をやがては潰《つぶ》してしまうことに気がつかなかった。

色々なその出来事を一つ一つ書いていてもきりがありません。こんなことがあったのを憶えておられますか。寮生は（と言っても大半は専門学校以上の学生で、まだ中学生なのは僕ともう一人のNという男でした）朝六時に起きてミサにあずかったあと、朝食まで貴方を中心にして裏の山路を駆け足で走るのが日課の一つでしたが、僕にはとてもそれが耐えられなかった。軍隊できたえた貴方や大学生の他の寮生にはそんなことは何でもなかったでしょう。しかし幼い時から気管支の弱い僕はたちまちにして息切れがし、眼がくらむのでした。走ったあとは脂汗《あぶらあせ》が額にういて食欲もすっかりなくなり、時には軽い脳貧血になったことがあります。僕はその駆け足をたくみにさぼるようにした。やがてそれが貴方にみつかった。貴方は同じ中学生のNだってやることを僕ができぬ筈《はず》はないと言いました。だが、体の強い貴方には体の弱い者がどんなにああいう訓練に弱いかがわからなかったのです。「体を強くするために駆け足をみな、するだろう。君はその努力をしないのだ」それが貴方の言い分でした。貴方にとって僕は団体訓練を厭がる身勝手な少年にみえたのです。

それぞれ学校に出かけ、その学校から戻ると、晩飯のあと貴方の講話がありました。僕はしばしば居眠りをしました。あとでチャペルで夜の祈りをする時も居眠りをしました。虚弱な体質でしたから、昼間、中学の授業や軍事教練でいい加減つかれているのに、更にむつかしい神学の話を聞かされて何がわかったでしょう。

そんなある夜、皆が貴方の神学講義を聴き、例によって僕が舟を漕《こ》ぎはじめました。一番隅にいたにかかわらず、軽い鼾《いびき》でもたてていたのでしょう。貴方は僕の居眠りに気がつき話を突然やめた。横にいたNがそっと僕の脇腹《わきばら》をつつき、こちらはびっくりして眼をあけた。恥ずかしいことに涎《よだれ》が口もとから垂れ上着をぬらしていました。皆は初めは笑いだしましたが、貴方のきびしい表情にぶつかると急に黙りこみました。

突然、貴方は片手をあげ、

「出ていけ」

大声の日本語で叫びました。貴方がそんなに顔を真赤にして怒鳴ったのは初めてでした。僕も、平生は伯母や母やその他の信者に紳士的な微笑をみせる貴方が、こんなに怒りに顔を歪《ゆが》ませたのを見たのは初めてでした。居眠りをしたのを怒ったのではない。彼が万事につけて体の弱さを口実にして寮生活をきちんと守らぬことを怒ったのだと、あとになって貴方は母に説明しました。確かにそうでしょう。僕が何かにつけて寮の日課を守れなかった生徒だったことを認めます。貴方の言うように頑張りの足りなかったことも認めます。しかし、僕が肉体的に貴方の理想とする生活に耐えられなかったことも真実なのです。今は僕はあの頃の自分を弁解しているのではない。ただ貴方の善意や意志が、強者にたいしては効果があっても弱者にたいしては時として苛酷《かこく》であり、稔《みの》りをもたらすよりは無意味な傷つけ方をしたと言いたいのです。

結局、十カ月もしないうちに、僕は貴方の寄宿舎を出て母の家に戻りました。それでも母はさすがに女親で、だらしのない息子になお何か長所と美点をみつけようと懸命でしたが、貴方は僕に失望と軽蔑《けいべつ》とをその頃からすっかり持ったようです。もっとも貴方の僕にたいする態度は昔と違うところがありませんでしたが、僕にたいして話しかけるということは次第に少なくなっていきました。こうして母が僕にいだいていた夢――貴方のような司祭にならせようという夢はすっかり、つぶれてしまいました。

ここまで書いた部分を読みかえしてみて、貴方が誤解をされぬかと心配です。僕は決して貴方が我々親子によせて下さった厚情を忘れているのではありません。それどころか、貴方という方がおられればこそ、母も離婚後の突きつめた思いから救われ、死ぬまで心を支えた基督教に入れるようになったのだと思っています。そしてその死に至るまで何かにつけて母を助けて下さった貴方へ感謝の気持を僕はいつも持っています。

ただ、言いたいことは別なのです。人間にもし、強者と弱者があるとするなら、あの頃の貴方は本当に強い人だった。そして僕は意気地なしの弱虫だった。貴方は自分の生き方、自分の信仰、自分の肉体すべてに自信を持っており、確固とした信念で日本の布教をやっておられた。それにたいし、僕は今日に至るまで一度として自分のすべてに自信も信念も所有できなかった男だった。こう申せば、おそらく今の貴方ならもう全《すべ》てを理解して下さるだろう。しかし昔の貴方なら断乎《だんこ》として首をふられたでしょう。首をふって、人間とは生涯、より高いものにむかって努力する存在だと、大声で言われたでしょう。しかし、そのような強さにも思いがけぬ罠《わな》と薄氷のような危険がひそんでいることを――そこから本当の宗教が始まることを、貴方は十五年後に知らねばならなかったのではないでしょうか。

母が死んだのはそんな僕が中学校を卒《お》えて、どこの上級学校にも入れなかった浪人二年目の時です。次々と受けては落ち、受けては落ちる僕に流石《さすが》の母も怒り疲れて深い溜息をつくようになりましたが、あの頃の母の顔を思い浮べると今でも胸が痛む。

彼女はこの頃から疲れやすくなり、時々、目まいを感ずると訴えだしました。貴方がその母をある日病院につれていって下さると、血圧がかなり高いという診断でしたが、彼女は相変らず働くのをやめず、毎朝のミサやきびしい生活を欠かしませんでした。

母が死んだ時刻、僕は友だちと映画を観《み》にいっていました。その頃、予備校に行くと言っては彼女をだまし、一日の大半を友だちと三宮の喫茶店や映画館で過していたのです。十二月の末で、映画館を出た時はもうすっかり日は暮れていました。模擬試験があったからという嘘を母につこうとして電話をかけました。受話器に出てきたのは意外にも貴方でした。母が道で倒れ、連絡を受けた貴方が駆けつけ、皆で手わけをして僕を探していることをその時初めて知りました。「どこにいるのか」とたずねる貴方の声に僕は急いで電話を切りました。家まで戻る阪急電車がどんなにのろく感じられたことか。駅からあんなに早く家まで走ったことはありませんでした。ベルを押すと、玄関の戸をあけたのは貴方でした。「もう、死んだ」と貴方は一言、そう呟いた。母は眉《まゆ》と眉との間にかすかな苦悶《くもん》の痕《あと》を残して寝床の上におかれていました。伯母や教会の人が周りに集まり、その人たちのとがめるような眼差《まなざ》しが自分に注がれているのを感じ、僕は母の蠟色《ろういろ》をした死顔を見つめました。ふしぎに意識は冴《さ》え、辛さも悲しみもその時は感じなかった。ただ、ぼんやりとしていました。貴方も黙っていた。他の人だけが泣いていた。

葬式が終り、人々が引きあげたあと、空虚になった家に伯母と貴方と僕との三人が残りました。これからの僕の身のふり方をきめねばなりませんでした。貴方は、僕以上にぼんやりとしていた。まるで今まで持っていた何ものかを失ったように、ぼんやりとしていた。だから伯母が僕にどうするかとたずね、僕は僕でもう他の人に迷惑をかけたくないと答えました。伯母はその時、母が別れた僕の父のことを口に出しました。貴方はやっと、茫然《ぼうぜん》とした顔をあげてすべては僕の意志通りだと意見をのべました。そして貴方が、僕の父に事情を話すことに決りました。

母の家の処分は貴方と伯母にまかせ、僕は東京の父の家に戻りました。親という感情を持てぬ父親夫婦との生活がその日から始まりました。

父と生活して見て、僕は母が父となぜ別れたかわかるような気がしました。「平凡が一番仕合せだ。波瀾《はらん》のないのが一番仕合せだ」そのような意味のことを父はたえず口にしていました。経営している会社の余暇には、盆栽をいじり、庭の芝生の手入れをし、ラジオの野球中継をきくような生活。僕の将来についても、安全なサラリーマンの道を選ばせようとする毎日。それは母と二人っきりで過したきびしい日常とは全くちがっていました。あそこでは冬の朝、母に起された僕は霜で固まった道を教会に行った。二人の老婆しか跪いていない暗い聖堂のなかで、フランス人の司祭が十字架とむきあい、その十字架で基督が血を流していた。だが、ここでは人生や宗教について何一つ語ることなく、隣人のラジオがうるさいとか配給米が乏しくなったことだけが話題でした。あそこでは母は僕に、この地上の中では聖なるものこそ一番、高く素晴らしいのだと吹きこもうとした。だがここではそのような言葉を口に出しただけでそっぽをむかれ馬鹿《ばか》にされる雰囲気でした。物質的にははるかに恵まれた生活のなかで、僕は自分が母を裏切っているのを毎日感じました。苦しかったが、今はなつかしい母との生活を考えない日は一日もありませんでした。そんな僕にとって、わずかに良心の痛みを補償してくれるのは、貴方に手紙をだすことでした。なぜなら、死ぬまで母が一番、尊敬していたのは貴方だったから。貴方に手紙を書くことで、僕は母の意志を裏切りつつあるという自責から一時でも救われるような気がしたからです。

貴方は短い返事を時々くれました。父は貴方の字が書いてある封筒を見ると厭な顔をしました。息子の頭のなかにまだ母の思い出があり、母の言葉が残っており、母の知人と親しくしているのが不快だったのでありましょう。「くだらんアーメンの坊主《ぼうず》などと交際するもんじゃない」と彼は横をむいて不機嫌に呟きました。そしてその翌年、僕がどうにかある私大にもぐりこめた時、貴方は、自分は今度、東京の神学校に赴任することになったと知らせてきました。

もう真夜中です。女房も子供もとっくに寝てしまった家の中で、僕だけがこの手紙のために、自分の過去の一つ一つを思いうかべる。しかし、今まで書いた部分を読みかえしても、何と書けなかった出来事のほうが多いことか。貴方を語り、母を語るということがこんなにむつかしいことだと今更のように思います。それを全て書くためには、それによって人々が傷つけられぬ時まで待たねばならぬ、いやそれよりも自分の今日までを全て語らねばならぬ。それほど貴方と母とは僕の人生にひっかかり、その根を深くおろして離れない。やがて僕は自分の小説のなかで貴方と母とが僕に与えてくれた痕跡《こんせき》と、その本質的なものを語ることができるでしょう。

だがこの素描を続けるために話を元に戻さねばなりません。東京に貴方が来るとすぐ、僕は貴方に会いに行きました。貴方は変っていなかった。他の神父や神学生のように血色のわるい顔色もしていなかった。靴はいつも丁寧にみがかれ、大きな体をいれた黒服にはきちんとブラッシとアイロンがかけられ、そして、例の確信ある物の言い方も変っていなかった。僕がともかくも浪人生活から足を洗ったことを貴方は悦《よろこ》んでくれた。「基督を信じているか。ミサは欠かしていないか」僕が黙っていると、貴方は不快な顔をしました。「暇がない筈はない。それとも昔のように体の弱いせいにするのか」貴方の寄宿舎から出された時のように、失望と軽蔑の色がその表情に浮びました。

それが僕に少年時代と同じ反撥心を起させた。もっとも貴方が神学校での新しい仕事に忙しくなったという理由もありましたが、次第に二人は会うことが少なくなりました。だが僕の心から貴方の存在がなくなったのではない。父との生活のなかで僕の母にたいする愛着はますます深まり、かつて母について恨めしく思ったことも懐《なつ》かしさに変り、その烈しい性格まで美化されていきました。少なくともこの母のおかげで、ぐうたらな僕は、より高い世界の存在せねばならぬことを魂の奥に吹きこまれたのです。そして貴方は少なくともその母の大きな部分でした。僕が大学の文学部に進んだのも、母の生き方をおそらく見たからでしょう。母や貴方のような生き方が、父のような多くの生き方とは別の世界であることを知ったためでもありましょう。自分の生活が、貴方たちのそれに離れれば離れるほど、遠ざかれば遠ざかるほど、僕はいつも貴方たちのことを考え自分を恥ずかしく思いました。

やがて戦争が僕と貴方とを更に別れ別れにしました。ある日、貴方は突然手紙で、東京から離れて軽井沢に住まねばならなくなったと知らせてきました。貴方は他の外人神父たちと軽井沢に強制疎開《そかい》を命ぜられたというのです。疎開といっても日本の憲兵と警察に監視された一種の収容所生活であることは明らかでした。

その頃、僕のほうも、学校の授業などはなく、川崎の工場で空襲に怯《おび》えながらゼロ戦の部品を作らされていました。軽井沢へいく汽車の切符さえ買うのが困難でした。しかし、やっと手に入れた切符を持って冬のある日、僕はあの信州の小さな町に出かけました。駅をおりると頰が切られるように冷たかったのをまだ憶えています。平和な時には華やかだったにちがいないこの避暑地の町は、全くさびれ、陰気に暗く静まりかえっていました。駅前の憲兵事務所に鋭い眼をした男が二人、火鉢にあたっていました。裸になった落葉《からまつ》松林のなかに疎開客が雑炊をたく煙がわびしくたちのぼっていました。町会事務所をたずね、その町会長につれられて、貴方たちの泊らされている大きな木造の洋館に行くことができ、凍《い》てついた庭の中で貴方とやっと顔を合わせました。町会長は少し離れたところで、背中をこちらに向けて立ち、「ミサは欠かしてないね。基督を信じなさい」と貴方は言いました。貴方はここでも、すっかり古びてはいるがブラッシをかけた服を着ていました。だが、その手は凍傷でふくれていた。貴方は一度、建物の中に入り、間もなく新聞紙で包んだものを持ってきました。「持って帰りなさい」貴方は口早に言い、僕の手にその新聞紙をのせました。見とがめた町会長が怪しんで近よって来ました。「何ですか、それは」貴方は憤然として答えました。「私の配給のバターだ。私のものをやることがなにが悪いか」

戦争が終りました。貴方は軽井沢から東京に戻り、応召寸前の僕も兵役をまぬがれて勤労動員の工場から崩れ落ちた大学に帰ることができました。日本の基督教界にとって新しい時代が始まりました。戦争中、警察からスパイの嫌疑をかけられた外人司祭も強制疎開を受けていた貴方たちも今は大手をふって布教しはじめ、日本人のある者は生きる力を求め、他の者は食糧や物がほしさに、別の者は外人と接触するために教会に行くようになりました。その頃、僕はしばしばジープを運転して神学校を出て行く貴方を見ましたが、あの頃の貴方はひどく忙しかった。それまで小さくなっていた神学校を大きく再建する仕事が貴方の任務だったからです。たずねていくと、当時、珍しかったジュラルミンのかまぼこ型の事務所で、秘書が次から次へとかかってくる電話を懸命にさばいていていました。「神父さまは御不在ですわ」その秘書はよく、にべもなく言いました。「さあ、いつお目にかかれるかわかりません」

そんなことはどうでもいいことだ。そんなくだらぬことを書いているのも、実は僕がこの手紙の中心部に触れるのをどうしてもためらっているからなのです。今、あのことを語らねばならぬ段階に来て、筆がにぶるのをさっきから感じてます。貴方を深く傷つけるのではないかという怖れが、ここまで書き進んできたものを抑えつけます。しかし許して下さい。

だが、どう書いたらいいのか。一体なぜこういうことになったのか。僕には今もってさっぱりわからない。貴方の心に少しずつ起ったものを、僕はどう解釈していいのかわからない。サマセット・モームの小説に「雨」という作品があって、そこに少しずつ禁をやぶり、一人の女を愛しはじめる聖職者が出てくるのですが、モームはそれを長い、単調な雨によって外部から説明しようとしている。技法としてはうまいのだが、今の僕には貴方のことを考える時、そんな誤魔化しをするわけにはいかぬ。あの事件が起きたあと、誰もが言いました。「そんなことが……。そんな馬鹿げたことはないですよ」僕も信じられなかった。しかし事実だった。そしてあの事件が終って長い歳月のたった今日でも、僕はどう貴方の心理の変化を追っていいのかわからない。

あれは僕が大学を出て間もなくです。まだ父の家にいましたが、アルバイトでモード雑誌や機械雑誌の翻訳をやりながら、どうにか稼いでいました。文学で身をたてようとは思っていたものの、まだ小説家になる自信など少しもありませんでした。そしてその頃、父が次から次へと持ってくる縁談から身をかわすため、余り冴えない娘と親しくしていました。後に女房となったこの娘に、僕が出した条件は一つだけでした。

「僕はしようのない基督教信者だが、君が僕と結婚してくれるなら、あの宗教に無関心では困る」僕は母にたいする愛着から信仰をどうにか持ちつづけていました。たとえ時にはミサをさぼり、教会に足を向けないことがあっても、母が信じ、貴方がそれに生きたものを、畏敬《いけい》し軽々と棄てる気持は毛頭ありませんでした。そして僕はその娘に基督教の教理を学ばせるために貴方のところに頼みにいったのです。

貴方は驚きの色を少し顔にあらわしました。僕のような男が婚約したのを驚いたのか、それとも僕のような男が柄にもなく誰かに基督教を学べと命じたことが意外だったのかわかりません。もちろん貴方は引きうけてくれましたが、その時、僕は妙なことにさっきから気がついていました。貴方がほんの少しだが不精髭《ぶしょうひげ》をはやしていることと、それから、靴があまり磨いてなかったことです。他の司祭にたいしてなら、ほとんど気にもしないそんなだらしなさも、貴方には考えもできぬことでした。あの長い戦争の間でも、軽井沢の収容所でも、貴方はその意志の強さをきちんとした服装にみせていました。ブラッシをかけ、泥を落した靴。それは同時にあの寄宿舎で貴方自身が我々にきびしく命じたことだった。僕は自分のだらしなさのゆえにそういう貴方を一方では憎み一方では畏《おそ》れていた。貴方は僕と娘を戸口まで送ってきてくれた。戸口では、一人の女が貴方の秘書と話をしていました。和服を着た顔色のよくない女でした。日本人の眼からみると、決して美しいとは言えぬ女でした。

僕は一人で寿司詰《すしづ》めの汽車にのって母と過した阪神に行きました。母の思い出はますます心に強く根を張っていましたし、父には内緒でとりかわした娘との婚約を母の墓にだけはそっと報告しようと思ったからです。僕の家だった付近もすっかり空襲で焼け、伯母の一家は疎開した香川県にそのまま住みつき、たずねた知人たちも大半が、姿を消していました。ただ、母と一緒に、まだ闇がひっかかっている冬のあけがた、教会に行くために黙々と歩いた道と、その教会だけが昔のまま残っていました。フランス人の司祭の代りに日本人の神父がその頃と同じように、まだ誰も来ない聖堂で一人、ミサを唱え、その影が蠟燭《ろうそく》の火に照らされて壁にうつっています。僕は母と住んだ家の前に立って（その家は第三国人の持物になっていました）母の葬式が終った日うつろだった貴方の顔を思いだしました。あの時、貴方の顔にも何かが喪《うしな》われてしまったような気がしたのはどうしてだろうと考えました。それから、貴方の命令で棄てられた犬をさがして歩きまわった松林も見てきました。あの犬のうるんだような哀しそうだった眼が急に心を横切りました。焼けあとには、黄色いつむじ風が巻きあがり、疲れ果てたような男がシャベルで地面を掘っていました。

そして貴方について馬鹿馬鹿しい噂《うわさ》が僕の耳に入ってきたのはその頃からでした。

実に貴方《あなた》を知らぬくだらぬ悪口でした。貴方が聖職者でありながら日本人の一人の女と限界をこえた交際をしていると言うゴシップです。僕はその噂をきいた時、いつか戸口でみた顔色のよくない日本人の女のことを思いだしました。しかし僕は日本人の信者たちの、外見だけで人を判断したり、形式だけで他人を評価したり、そしていつも自分を正しいと思っている態度が嫌いでした。「馬鹿言うとるわ」と僕はそのゴシップを一笑しました。なぜなら貴方がどんな人であり、どんなに強い意志の人かを知っていたからです。少なくとも母が尊敬した貴方がまかり間違ってもそんなことをする筈はなかった。

噂は色々なところから耳に入ってきた。貴方がジープにその女性と乗っていたのを見たとか、その女性と店屋で買物をしていたというような賤《いや》しい好奇心のまじった陰口です。「なぜ、ジープで一緒やったらいかんのや」と僕はその噂を口にした男にくってかかりました。「用事があれば女の人とも車ぐらい一緒に乗るやないか」その男はびっくりしたように僕の顔を見て顔を赤らめました。「だってその女は離婚した女なんだぜ、君」男は問題の女性についても、どこからか聞きこんでいました。「しかもねえ、子持ちの女なんだ」僕の母親だって離婚した女だった。子供のある離婚した女だった。その女に信仰をふきこみ、より高い聖なる世界を教えてくれたのはあの人なのだと言う言葉が咽喉《のど》もとまで出かかって、しかし僕は口を噤《つぐ》みました。厭な——非常に厭なものが、その咽喉もとから同時にこみあげてきたからです。それではあの頃、母もそのような中傷や噂を信者たちからされていたことがあったのか。貴方との間にまるで何かがあったような噂があったのか。僕はその男の顔を睨みつけ「誰が何と言おうともな、俺はあの人を信じとんのやで。信じとるのや」と怒鳴りました。

信じる。たしかに僕は貴方を信じていました。なぜなら、貴方も亦《また》、僕に「自分を信じてくれ」と言ったからです。あの時のあの貴方の言葉も貴方の声も今日まで忘れてはおらぬ。憶えていますか。ああした詰らぬ噂にたまりかねた僕が貴方の事務室にそれを知らせに行った時のことを。貴方は相変らず忙しそうだった。そして今度も不精髭こそ生やしていなかったが、どこか、その服装にも投げやりなものが感ぜられました。どこが投げやりだと指すことはできない。ズボンもプレスがされていて、そこに窓から差しこんだ夕陽が染《し》みのようにあたっていた。にもかかわらず、昔の貴方には決して感じられなかっただらしない何かがあったのです。僕はその貴方にむかって、くだらぬ風評が飛んでいると申しました。貴方は上眼づかいにじっと僕を見ていた。本当に僕の話をきいていられたのか、どうか。僕が話し終ると、貴方はしばらく黙っていた。僕は貴方のズボンにあたった夕陽の染みを眺めていました。やがて、「私を信じなさい」貴方は力強くそう言った。

貴方は力強くそう言った。むかし貴方が、僕にむかって「基督を信じなさい。神とその教会とを信じなさい」そう言った時のようにその時の声にはあの確信と自信とが重い石のようにこもっていた。僕にはそう聞えた。信じなさい。洗礼を子供の時うけた復活祭、僕は他の子供たちと同じように大声で叫んだ。「信じます」と。どうして信じない筈がありましょうか。母が生涯信頼しきった貴方をどうして疑う筈がありましょう。告悔の秘蹟《ひせき》を受けたあとの、安らかな心。あの時に似た安心感が久しぶりに心に拡《ひろ》がり、思わず苦笑をしました。「さようなら」椅子から立ちあがると貴方はうなずきました。

娘との結婚には色々な曲折がありましたが、どうにか父を説得することができました。ただ父は条件を出しました。式はアーメンの教会などでやってくれるなと。僕と母との心理的な関係を父はどこまでも断ち切りたかったのでしょう。僕はこの馬鹿馬鹿しい申し出を聞き入れ、娘と相談して二つの結婚式をやろうと考えました。一つは父とその知人を集めたホテルでの式とそれからその娘と僕と二人っきりの教会での結婚式を。なぜなら、僕の妻になった彼女はその時、もう洗礼をうける決心をしていたのですから。勿論、その二人きりの式にミサをたててくれるのは貴方でなければなりませんでした。

いわゆる世間向きの式をホテルであげるという日の前日、父たちに怪しまれぬように普通の背広を着た僕と同じ色のスーツを着た娘とはひそかに貴方の神学校をたずねました。誰も来てくれぬ我々二人、この結婚式に僕は死んだ母が遠くから祝福してくれているような気がしていました。「とも角、俺は俺の嫁さんだけは信者にしたぜ」僕はそう母にむかって誇りたい気持だった。娘はそれでも神学校の前までくると、そっと買いたての真白なハンカチを僕の胸ポケットに入れ、自分はカトレヤの花をスーツにつけたのが憐《あわ》れでした。「あんた、俺たちが来たと、神父さんに言ってこいよ」その彼女に僕はそう命じました。

僕は御堂の前で待っていた。晴れた日でした。ジュラルミンの蒲鉾《かまぼこ》型の建物がずらっと並んでいる。そのジュラルミンが陽にキラキラと光っている。僕は母のことを考え、彼女が僕の妻をみたら、どう言ったろうかと一人笑いをうかべました。その妻になる娘が、向うからゆっくりと歩いてくる。少し体がふらついている。あいつ、すっかり、上《あが》っているじゃないか、と僕は苦笑して口にくわえた煙草《たばこ》を棄てました。

「どうしたのさ、知らせてきたのか」娘は顔を強張《こわば》らせたまま黙っていました。「気分でもわるいのかい」「いいえ」「じゃ、変な顔をするなよ」それでも彼女は顔をゆがめたまま物を言いませんでした。それから靴のさきで地面をこすりながら「帰りましょうよ」と突然言ったのです。

「なぜ」

「なぜって」

「今になって突拍子もないことを口にするな」

「わたし」急に彼女は顔をクシャクシャにさせて呟きました。「見たのよ」

彼女は見たと言いました。貴方に僕らの到着したことを知らせるため事務室の扉を押しあけた時、貴方はあのいつか我々が戸口で出会った顔色のよくない女性と体を離した瞬間だった。貴方の顔のすぐ真下にその女の顔があり、娘は何も言えず、扉を開いたまま戻って来たと言うのです。

「なんだって」怒りが胸を突きあげました。「そんなことがありえるか」僕は娘の頬を平手で叩きました。「変なかんぐりを、君までするのか」叩かれて娘は頬を押えていました。「私を信じなさい」という貴方の言葉がゆっくりと甦《よみがえ》ってきました。

式。娘は涙ぐみ眼を赤くしていた。貴方はあれを彼女の嬉《うれ》し泪《なみだ》とでも思ったですか。そんな筈はない。貴方がそんなことをする筈はない。泥沼の水面にのぼってくる穢《きたな》い泡のように、胸にこみあげるその疑惑を僕は我々の結婚式のミサをあげてくれている貴方と祭壇とをみつめながら、無理矢理に抑えつけようとしていた。「基督を信じなさい」と貴方は言った。その基督のミサを貴方が、あのあとで、唱えられる筈はない。僕はその時も貴方を信じようとしていました。

結婚したあと、まだあの朝の記憶に顔をゆがめる妻に僕はしばしば怒鳴りつけました。「君は僕の母がもっとも信頼した人を疑うのか」すると妻は首をふりました。だがもしそれが事実としたら、妻は自分の生涯一度の純白な結婚式をよごれた指をもった司祭にあげられたと言うことになる。それは余りに残酷でした。だから僕はその疑惑から遠ざかるため貴方に会うのを避けました。そして三カ月後、貴方が神学校を出たという決定的なニュースを僕は耳にしました。

どうしてこんなことになったのか。茫然としました。とも角、貴方に会ってすべてを教えてもらわねばならぬ。人が何と言おうと、まだ貴方を信じたいという欲望が、裏切られたという感情にまざりあい胸を締めつけていました。だが神学校では、貴方の行先はわからぬと言う。そんな無責任な返事があるものかと憤慨しましたが仕方ありません。結局、あれこれ手をつくして、貴方が同国人であるスペイン貿易商の家に身を寄せていることを知りました。

手紙を出しました。だが返事の代りに、貴方の友だちと称するスペイン人から、今は放っておいてくれという言伝《ことづて》が伝えられただけです。貴方が、今は僕にも——いや、僕だから尚更《なおさら》、会いたくないという気持がわかるような気がしました。今、どんな恥ずかしさと屈辱のなかで貴方が一人ぽっちかも想像できました。僕は遂に貴方を追うことを断念しました。

だが受けた衝撃が治まったわけではない。一体、これは何なのだろう。いつからこんな馬鹿げたことが始まったのだ。それが皆目わからない。ただ一つだけ、いつか妻を初めて貴方の事務所に連れていった時、貴方の顎《あご》に埃《ほこり》のように栗色《くりいろ》の不精髭が生えていたことが記憶の底から蘇《よみがえ》ってきました。ひょっとすると、あの頃、貴方はもう腐《ふ》蝕《しょく》しはじめていたのでしょうか。眼に見えぬものが、貴方の生活、貴方の信仰を少しずつ、蝕《むしば》みはじめていたのかもしれぬ。そんな気がしました。が、もちろん、それは僕のむなしい想像にしかすぎません。

だがどうして貴方は、貴方を信じようとした僕にまで嘘《うそ》をついたのだろう。僕の忠言にたいしあれほどの自信をもった声で「私を信じなさい」と言ったのだろう。怒りと情けなさとがこもごも胸に突きあげ、時としてはその怒りはもっと怖ろしい想像に——貴方は長い長い間、僕や母をも騙《だま》していたのではなかろうかなどという怖ろしい想像にまで導かれることがありました。そしてそのたび毎《ごと》に首をふりその想念を追い払いました。

　妻はもう貴方のことは口に出しませんでした。「教会なんか、もう行かないわ。信じられないんですもの」そう呟く彼女にたいして何の自信ある反駁《はんばく》もできない。「お前、一人の宣教師のことで、基督教全体を批判するのか」そう答えはしても、その答えが自分自身の心を充《み》たさぬぐらい、僕が一番感じていたのです。そして僕だけではない、多くの聖職者や信者たちもこの唐突な事件にどう説明を与えてよいのかわからず、ただひそひそと声をひそめ、戸惑っていました。結局、いっさいを不問にし、沈黙の灰に埋めること、言いかえれば、臭いものには蓋《ふた》をする態度をとっていました。

　だが僕は困る。僕にとっては他の人のように歳月がその噂を消し、全てが忘却のなかに消えるのを待つという方法ではすまされぬ。僕にとっては、貴方を忘れることは母を忘れることであり、貴方を拒むことは、自分の今日までの大きな流れを否定することでした。僕は、多くの改宗者のように自分の意志で信仰を選んだのではない。長い間、僕の信仰はある意味では母への愛着に結びつけられ、貴方への畏敬につながっている。その部分が根柢《こんてい》から裏切られようとしている。今となって、どうして他の人のように貴方を忘れ、問題を誤魔化すことができようか。

だから僕は色々な司祭に「あの人のところに行って下さい」と頼みもしました。僕としては貴方が（僕にはまだわからぬが）今までよりもっと大きな信仰で――たとえば、もっと大きな愛の行為で、神学校を棄て一人の女のところに走ったなどと思いたかったのです。そして今でも、いや今だからこそ、貴方がかつてよりも強い信仰を持っていることを僕に証明してもらいたかったのです。だがそんな子供じみた空想はすぐに崩れてしまいました。大半の司祭は僕の願いを拒み、僕を初めは憤慨させました。基督は決して仕合せな人、充ち足りた人のところには行かなかった。孤独な人間や屈辱をうけている人間のところには走って行ったと彼等はいつも言っていた。にもかかわらず、こういう事態になると貴方に誰も手を差しのべぬと思ったのです。だが僕の考えはやや浅はかでした。なぜなら一人の司祭が貴方に連絡してみた結果、戻ってきた返事は「会いたくない」という一語でした。「今は彼を静かにしておくほうがいいんだよ。あの人の気持がわからないのかね」とその司祭に言われた時、僕は自分の無神経さとエゴイズムにやっと気がつきました。

こうして貴方との長い長い接触が終りました。思えばあの聖愛病院で初めて貴方が僕の病室に入ってこられてから三十年以上の歳月が流れています。ねむかった貴方の話。犬を棄てられた思い出。貴方と山道を駆けた時の苦しさ。寄宿舎での出来事。母の死。そしてあの軽井沢で僕に自分のバターをくれた貴方の霜やけでふくれた手。それらは一つ一つ、僕の人生の河のなかに重要な素材として沈澱《ちんでん》していました。一人の人間がもう一人の人生に残していく痕跡。我々は他人の人生の上にどのような痕跡を残し、どのような方向を知らずに与えているのか、気がつきませぬ。ちょうど、風が砂浜に植えられた松の形をゆがめ、その枝の向きを変えるように、貴方と母とが、他の人にもまして、僕という人間をこちらの方向にねじ曲げた。そして今、その貴方はどこかに去ってしまったわけです。

貴方がその後、英語の会話学校で教鞭《きょうべん》をとったりスペイン語の個人教授をして生活していることは風のたよりで聞きました。貴方とあの日本女性との間に子供ができたことも誰かが教えてくれました。それらは前よりはもっと少ない衝撃で僕の心に受け入れられましたし、あれほど一時は信者を困惑させた事件も、少しずつ忘れられていきました。

あの結婚式の出来事は二度と妻との間に話題にのぼりませぬ。話題にのぼらぬのではなく、それに触れるのをお互い避けているのです。にもかかわらず、夕食のあとなど、食堂から自分の書斎にはいり、扉をきっちりしめて机にむかう時、あるいは深夜、本から顔をあげる時、貴方の声がふと浮ぶことがあります。「私を信じなさい」と。

そして僕は貴方をまだ信じるため何とかして自分のものにしようとする。貴方を（勿《もち》論《ろん》、変形こそしましたが）自分の三つの小説のなかに登場させて探ろうとしたのは一つにはそんな気持からでした。僕は色々と貴方の心理をたどろうとする。ひょっとすると貴方は僕の母をより高い世界に導いたように、あの顔色の悪い女を高めようとして足をすくわれたのかもしれぬ。初めは司祭としての感情や憐《れん》憫《びん》の情に男の感情が次第に混《こん》じていくのを貴方は気がつかなかった。貴方は余りに自信がありすぎた。強い木は突然折れることを知らなかった。自己への過信が、逆にその足を突然すくったのかもしれぬ。そして足が一度すくわれると、貴方のような男には傾斜を滑り落ちる速度も早かった。そんな図式的な想定を僕は幾度もくりかえし、失敗しました。貴方の失落の真相が結局はわからぬからです。そして、よし、そんな仮定をたてたところで、僕の心が治まるわけではなかった。

だが、ある日、何年ぶりかで、貴方を遂に見ました。土曜日の夕方のデパートの屋上でした。僕は当時、駒場に住んでいましたから、時々、息子を遊ばせるためにその屋上にある遊園場に出かけたのです。そんな一日でした。小学校一年生になる息子は、ぐるぐる廻るカップに乗ったり、小銭を入れると声の出る人造人間に夢中になっていました。飛行機を幾つもつけた大きな輪が、音楽にのって、ぐるぐると、空に回転していました。僕と同じような父親や母親が、あっちの椅子《いす》、こっちのベンチに腰かけて子供に眼をやりながら休み、その中にまじって僕も一本のコーラを買い、新聞を読みながら、それを少しずつ飲んでいた。何げなく顔をあげた時、貴方のうしろ姿を見た。

屋上の縁には危険のないように高い金網がはりめぐらしてありました。金網の手前には十円を入れると、しばらくの間、街を遠望できる望遠鏡が幾つか並び、そこにも親につれられた子供たちが群がっていました。貴方はその望遠鏡と金網との間にたって、一人でじっと暮れていく街に向きあっていた。その市街の上に鉛色の大きな雲の層がどこまでもひろがり、西の一部分だけが乳色に白んで、わずかに、わびしい陽がもれていました。何の変哲もない東京の夕暮の空で、貴方の体は、こちらから眺めると向うのビルやアパートよりはやや低く見えました。スモッグのせいか、ビルにはもう灯をともした窓があり、その灯が妙ににじんで光り、アパートのほうには下着や蒲《ふ》団《とん》が干してありました。貴方はもうカトリックの聖職者が着るあの黒い服もローマン・カラーもつけていなかった。灰色のくたびれたような背広だったと思います。その背広のせいか、昔、あれほど堂々としていた体が、なんだか貧弱でみすぼらしくなったような気がした。こんな言葉を使っては失礼ですが、田舎者の西洋人のようにも見えたのです。意外だったのは、その時それほど驚きの気持が、僕に起きなかったことです。むしろ、それが自然であり、当り前のような気さえした。なぜかわからない。その貴方には、かつて貴方がもっていた確信も自信も消えうせて、その夕暮、デパートの屋上で時間をつぶす多くの日本人の平凡な親子からもふりかえられもしなかった。僕は思わず立ちあがろうとした。しかしその時、見憶《みおぼ》えのあるあの女性が白い毛糸の服をきた子供の手を引いて貴方に近よってきた。貴方がたは背をこちらにむけ、子供をかばうようにして、向うの出口に去っていった。

貴方に会ったと言っても、ただそれだけでした。勿論、そのことは妻にも黙っていた。とるに足りぬようなその再会が、近年、夜など、ふと心に浮んでくる。そしてその貴方のうしろ姿を幾度か噛《か》みしめる時、それは僕の人生の河のなかで、他の幾つかの影法師に重なります。たとえば、小さい時、大連の街でロシヤパンを売っていた白系ロシヤの老人。それから、あの教会でくたびれた足を曳《ひ》きずりながら、人眼につかぬように司祭館をたずねていた老外人。(あの老外人も貴方と同じように結婚したため司祭職を追われた人でした)夏の黄昏《たそがれ》、その人は逃げようとする僕にこわがらないでくれと言った。彼の哀《かな》しそうだった眼に、貴方が無理矢理に棄てさせた雑種の犬の眼が重なります。動物や鳥たちはなぜ、あのように悲しみにみちた眼をするのか。僕にはそれらすべてが、僕の裡《うち》で一つの系列をつくり血縁の関係を結び、僕に何かを語りかけようとしている気がしてならぬ。と同時に、それらを一つの系列として自分の人生のなかに場所を与える時、貴方がもはや、自信と信念に充ちた強い宣教師としてではなく、灯をつけたビル、おむつを干したアパートの間にはさまって、もはや、人生を高みから見おろし裁断する人ではなく、貴方が棄てた犬の悲しい眼と同じ眼をする人間になったことを考える。そして、そのために貴方が僕を裏切ったとしても、もうそれを恨む気持は少なくなった。むしろ貴方のかつて信じていたものは、そのためにあったのだとさえ思う。あるいは貴方はそれをもう知っているのではないか。なぜなら、霧雨のふる渋谷のレストランで、貴方はボーイが一皿の食事を運んできた時、他の客に気づかれぬよう素早く十字を切ったのだから。僕が貴方についてやっとわかるのはまだそれだけです。

初恋

初恋は小学校三年の時である。今から四十五年前の話だが相手の名前もはっきり憶《おぼ》えている。早川エミ子と言って、クラスこそ別だったが、同じ学年だった。

三年生のあの日になるまで、その子を意識したことはなかった。そんな子がいると気づきもしなかった。だが、あの日、私は彼女を知ってびっくりしてしまったのだ。

あの日とは学芸会の最初の稽古《けいこ》の日である。その年、三年生は「青い鳥」をやることになっていた。クラスから五人ほどこの芝居に出るのが決り、私もなかに入れられて大得意だった。学校から飛ぶように家に走って帰り、息はずませて、

「学芸会に出るんだぜ。学芸会に」

玄関をあけるなり大声をあげた。

「へえ。あなたが」

ヴァイオリンを稽古していた母が驚いてたずねた。二歳上の兄とちがい、私は学業

成績も運動神経も悪く、学芸会に選ばれたことなどなかったのだ。

「それで何の役」

「パンの役」

「青い鳥にパンの役あったかしらねえ。言葉はいくつぐらい、しゃべるの」

途端に私は当惑して黙ってしまった。たしかにパンの役だったが、台詞《せりふ》はまったくなくて、ただ「パン」という二文字を書いたボール紙を首にぶらさげ、舞台の端に立つだけだったのである。

事情を知ると母親は情けなさそうな顔をした。しかし、気をとりなおし慰めるように、

「でも五人のうちの一人だものね。よかったわね」

と、とって附けたように言った。

最初の稽古の日、チルチル役の男の子とミチル役の早川エミ子とが音楽の先生に歌を歌わされたり、おどったりするのを端役《はやく》たちはじっと見学していた。この時はじめて私は彼女の存在を知ったのである。

私は……文字通り雷にうたれたように驚愕《きょうがく》し、ひたすら仰天して彼女だけを凝視していた。九歳になるまで、この世にかくも可愛《かわ》いい、かくも美しい女の子がいると知

らなかった。彼女が歌うと私は体が熱くなり、彼女がおどると私は口をポカンとあけていた。稽古がすみ、放課後でがらんとした廊下を一同が帰りはじめると、私は彼女をつけてやろうと急に決心をしたのだった。

言い忘れたが私はその時、大連に住んでいた。満洲のあのアカシヤの大連である。そして私の小学校は大広場小学校と言った。

学校のそばの大広場という広場をぬけ早川エミ子は女の友だちと満鉄病院にむかう坂道をのぼっていった。幸いなことに私の家もその満鉄病院のすぐ近くにあった。その坂道をのぼりつめた地点で彼女は友だちと手をふって別れ、赤いランドセルの音をたてながら煉瓦《れんが》づくりの家に走りこんだ。ははあ、ここが彼女の家かと私は思ったがその彼女が尾行に気づいたかどうかは知らない。

家に戻ると五年生の兄が庭でボール遊びを一人でやっていた。お手伝いさんにおやつをもらい、食べながら庭の塀にボールをぶつけている兄を見ていると、母親が姿を見せ、

「周ちゃん、お使いに行ってくれない」

おはぎを作ったのでその重箱を近所の家まで届けてくれと言う。

「風呂敷《ふろしき》を必ず、持って帰るのよ」

仕方なく重箱をかかえて外に出た。歩きながら早川エミ子のことを考えた。何とかして彼女と接触し、遊びたいものだと思ったのだ。

母の友人の家に行き、重箱をわたし、風呂敷をもらった。そして、それを頭にのせて学帽をかむった。こうすれば風呂敷をなくすことはまずないと思ったのである。そしてまた早川エミ子のことを考え、彼女のおどっている姿を心に思い浮かべた。

反対の歩道で知りあいのおばさんに会った。私は「今日は」と帽子をぬいで挨拶《あいさつ》し、そして家に戻った。「風呂敷は」と母に言われ、帽子のなかを見るとなかった。「あッ」と気がついた。帽子をぬいで頭をさげた時、落したのである。エミ子のことをあまり考えていたためにわからなかったのだ。走って探しに行ったが、風呂敷はどこにもみえない。誰かが拾って持っていったのだろう。

学校に行くのが苦しくなった。廊下で彼女をみると、理由もないのに教室にかくれた。校庭で縄とびをしている彼女の近くまでは寄れず、遠くで馬鹿《ばか》のようにその姿をぬすみ見ていた。そのくせ、学芸会の稽古が終ると、相変らず下校するそのうしろを、とぼとぼと尾行しては、彼女が家に入るのを見届けるのだった。遂《つい》に私はたまらなくなり、自分の気持を母にうちあけた。

「周ちゃんが」母は面白がって自分の友だちにそれをしゃべった。「今度、学芸会で一緒に出る女の子が好きになったんですって」

　学芸会の日、母はその友だちと一緒に学校にやってきた。私は先生から「パン」と大きく書いたボール紙を首にかけさせられ、舞台の隅に棒のように立ち、早川エミ子はチルチル役の優等生の男の子と歌ったり、おどったりした。

　私が傷つけられたのは自分が彼女の相手役になれなかったと言うことではなかった。学芸会が終って家に帰ると、母が共に見物に行った友だちと応接間で話をしていた。そして私を見ると、

「おや、おや、あなたの好きな子、そんなに可愛いくもなかったわよ」

　と言ったことだった。母の友だちも一緒になって笑いころげた。彼女たちにとってはそれは何でもない軽口だったかもしれない。しかし私の心は甚しく傷つけられた。二度と母にはあの子のことを話すまいと思った。


　私が彼女のことを打ちあけたのは横溝元輔という級友と家で飼っている犬のクロとだった。モッちゃんと皆に呼ばれているこの子は一度、落第をして同じクラスに入った温和《おとな》しいが私以上に勉強の出来ない子供だった。クロは満洲犬で私の家に仔犬《こいぬ》の時から飼われていて、いつも私の遊び相手だった。モッちゃんは私の話をきくと、遠く

でも見るような眼つきをして何も答えなかった。彼には私の心情がよく理解できなかったらしい。

　モッちゃんに打ちあけてから、早川エミ子を尾行する時、彼が一緒についてきてくれた。彼が私の初恋に興味を持ったためでなく、学校がすむと私たち二人はいつも一緒に遊んでいたからにすぎない。他の子供は彼をあまり相手にしなかったようだ。

　満鉄病院までの坂道を早川エミ子が友だちと一緒にのぼっていく。街路樹のアカシヤの花が風に吹かれて虚空《こくう》に舞っている。日本人街のその坂道をのぼりつめると女の子は左右に別れていく。それを百米《メートル》ほどうしろから私とモッちゃんがそっと従《つ》いていく。

　彼女が私たちの尾行に気づきはじめたのはこの頃のようだ。それは彼女とその友だちが時々、こちらをふりかえり、さも不快げに足を早めたり、一人になると走るようにして赤煉瓦づくりの自分の家に姿を消すことで私にもよくわかった。

　自分が嫌われているという予感と、そうでないかもしれないという希望的な観測で私はくるしんだ。九歳の子供の初恋も大人の恋愛とそんなに違いはない。同じような心理に悩み、同じようにふかい溜息《ためいき》をつくのである。私は遂に決心をした。彼女に声をかけようと思ったのだ。ある日、アカシヤの花の舞う坂道でモッちゃんと声をそろえて叫んだのだった。

「なんだ。偉そうにすな。ミチルの役をやったぐらいで」

それが私の愛の言葉だった。心とはまったく裏腹のこの言葉を百米先に歩いている彼女にかけることで、自分に関心をひこうとしたのである。

「なんだ」モッちゃんは私の真似《まね》をして、もっと大きな声を出した。

「偉そうにすな。ミチルの役をやったぐらいで」

早川エミ子は赤い鞄《かばん》を背でふりながら走りはじめた。私の本当の心を知らず、二人の苛《いじ》めっ子が自分を苛めるために追いかけていると錯覚したのである。

「なんだ。なんだ」

私は靴で石を自棄《やけ》糞《くそ》になって蹴《け》った。モッちゃんも真似をした。

「なんだ。なんだ」

その翌日から早川エミ子とその友だちとは私たちをまったく黙殺した。ふり向きもしなかった。私はたまらなくなり小石をひろって彼女たちに投げた。モッちゃんはもっと大きな石を放った。これっぽっちも彼女を苛めようという気持は私にはなく、ただ彼女がこの気持を少しも理解してくれない悲しみが、そんな行為にさせたのだ。
二、三日して酒井先生に放課後よばれた。私とモッちゃんとを前にたたせて、

「お前たち、女の子に石を投げただろ」

詰襟の黒い服を着た中年の先生は湯呑茶碗《ゆのみぢゃわん》を握りながら強い声を出した。

「三年生にもなって、なぜ、そんなことをする」

モッちゃんは何時《いつ》ものことながら、鼻汁のついた洋服の腕を顔にあてて泣きはじめ、私は黙ってうつむいていた。

その頃から少しぐれはじめた。恥ずかしい話だが母の装身具をひとつ盗んで、それを近所の中国人の雑貨屋に持っていった。どうしてそんな悪智慧《わるぢえ》が自分にあったのか、今もってわからない。

雑貨屋の中国人は私に五十銭をくれた。その五十銭で菓子を買い、モッちゃんと二人でたべた。

つり銭をどこにかくして良いのかわからなかった。私は他の子供たちのように買い食いは禁じられていたし、少年雑誌や鉛筆を買う時はそのつど、母から金をもらっていたからポケットに彼女の知らぬ銅貨を入れておけば問いつめられるに決っていた。

家の前にアカシヤ並木の一本があった。兄たちがいつもそのアカシヤをベースにして野球をやっていた。私はモッちゃんとその褐色の樹《き》の下をほり、つり銭を埋めた。そして二人で学校から戻ると、そのなかから十銭ずつ出して買い食いにつかった。この盗みと秘密とは私が母を裏切った最初の行為だった。母や先生が私の気持をわかってくれないから、こんなことをするのだと自分に言いきかせた。

早川エミ子のあとをつけるのはもうやめた。しかし彼女にたいする気持が終ったのでは決してなかった。

運動会の時、私とモッちゃんとはいつもびりっ子だったが、体操用の黒いブルーマーをはいて、赤い鉢巻をしてリレーに出場する彼女を生徒席から陰険な眼で見送っていた。バトンを右手で受けとり、小鹿《こじか》のように早川エミ子は他の選手の間を通りぬけていく。それはもう私の手の届かない女の子だった。手が届かないから、私は、

「偉そうにしやがって」

と地面に唾《つば》を吐き、モッちゃんも私の真似をして、

「偉そうにしやがって」

と同じ言葉を言った。そして彼女が他の女の子たちに囲まれて顔を上気させながら戻ってくると、

「お前、駄目じゃないか」

と負けた私のクラスの女の子に嫌味を言った。

その頃から私の家庭にある変化が起りはじめた。父と母との仲がある事情から急に

悪くなって、父は時々、家を留守にするようになったのである。

それまで明るかった、そして友だちを家によく招いていた母がくらい表情で何かを考えこんでいるのは辛《つら》かった。今まで学校から戻ると、いつも応接間から聞えていた彼女のヴァイオリンの稽古の音も消えて、家のなかは沈黙に包まれるようになった。

二つ年上の兄はその辛さを逃れるためか、いつも机にかじりついて勉強をしていた。兄のように勉強が好きでない私はモッちゃんにもうち明けられぬこの悲しみを誰に伝えてよいのか、どう誤魔化していいのか、わからなかった。そんな時、飼っている犬のクロだけが私の話し相手だった。

くらい家に戻りたくなかったから、私は下校の途中でモッちゃんと別れたあとも、時間をできる限りかけて家までたどりつくようにした。小石を蹴り、どこかの家の塀に「タイツリブネニコメヲタベナシ」と白墨で落書し、中国人の馬車引きの馬をじっと眺めて時間をつぶした。タイツリブネニコメヲタベナシとは級友の一人が教えてくれた言葉で、それを逆に読むと私にはまだ理解できぬ淫猥《いんわい》な言葉になるのだった。

門までたどりつくと、夕暮のなかにクロが寝そべっている。クロは私をみて哀《かな》しそうな表情をして尾をふる。そのクロだけに私は話しかける。

「こんなの、もう、いやだよ。ぼくは」

クロは哀しそうな眼で私をじっと見つめている。私は鞄のなかから手工用のナイフを出して門の前のアカシヤの樹に文字を彫りつける。「早川エミ子」と。

その五つの文字を私は自分の悲しみの深さだけ彫りこんでいった。それは誰にも気づかれない、誰にもわからない少年の私の心情だった。私はそこに自分の手に届かぬ女の子の名を彫りつけただけではなく、この五文字の名のなかに、まさに離婚しようとする両親を持った子供の悲しみ、大人に理解してもらえぬ子供のもどかしさ、それらすべてをこめてナイフを動かしたのだった。

四十五年の歳月が流れた。あの翌年——つまり私が小学校四年生になった年、母は兄と私とを連れて日本に戻った。父と別居することが決ったのである。

以来、長い間、大連の級友にも先生にも会わなかったし、モッちゃんのその後もわからなかった。そして犬のクロも大連で別れたままになってしまった。戦争は我々をたがいに隔て、音信不通にさせてしまった。

それが五年前、思いがけなく大連の小学校の級友から印刷した葉書をもらった。同じ学校の卒業生の集りをやる企てがそこに書いてあった。

東京の大きな中華レストランで開かれたそのパーティで私は見知らぬ中年以上の紳士や婦人にあまた出会った。なかに胸にとめた相手の名前から、その幼な顔の記憶をよび覚される人も何人かいた。その人たちとつよく握手をしながら彼等が私と同じように戦争や戦後に、耐えて生きてきたことをしみじみ感じた。

「モッちゃん――横溝元輔の消息を知りませんか」

誰も首をふった。担任だった酒井先生はとっくに亡《な》くなられ、クラスの者は彼が中学に行かずパン屋で働いていたことまでは知っていたが、その後の消息は不明だった。兵隊にとられ、そして何処《どこ》かに行ってしまったのだ。

「それでは皆さん」幹事役の人がマイクで皆によびかけた。「最近の大連の写真をスライドでお目にかけます」

電気が消され、壁にかけた白い布に誰かの影がうつり、笑い声がおき、昔のままの大広場や小学校の校舎や運動場がうつされた。

「我々の学校は今は旅大市第六中学校という名に変っています」

中国人の生徒がその校舎や校庭に立っていた。手をあげて数学の勉強をしている光景もうつし出された。

「早川エミ子さんという女の子がいたでしょう。あの人は……」

私は小声でむかしの級友の一人にたずねた。その名を口に出した時、電気を消した広間のなかで私は一寸《ちょっと》、顔を赤くしたようだ。

「早川さんは日本に引きあげて、お嫁に行ってから亡くなられたそうですよ」

「亡くなったの」

「なんでも熊本県の田舎で。結核でね」

そうですか、と私はうなずいた。死は私の世代には珍しいことではなかった。戦争と戦後の間に私はどれくらい、たくさんの知りあいを失っただろう。私はもう五十五歳になり、あの悲しみも遠くに見える陽のあたる山のように懐《なつか》しいものに変っていたのだ。

今年の春、ある出版社に依頼されて、ある作家と思いがけなく四十五年ぶりでその大連に外国船で行くことになった。船が大連——今の旅大市に停泊するのはたった一日半だけれども行ってルポルタージュを書くのが私の頼まれた仕事だった。断わる理由はどこにもなかった。

香港からその外国船にのり、三日目の朝、昔のままの大連港に着いた。日中旅行社の人に迎えられ、私たち二人は「上海」という中国製の車にのった。

「まずとこに行きたいてすか」

若い中国の通訳が私たちにたずねた時、私の友人の作家はむかし彼の姉上が住んでいた家を見たいと答え、私は勿論《もちろん》、自分が少年時代にいた家を訪れたいと即答した。

車は港から四十五年前と何も違わぬ大連に入った。そして大広場をぬけ、むかし満鉄病院があった方向にむかって坂道をのぼった。アカシヤの並木も周りの煉瓦づくりの家も古びてはいるが、すべて昔のままだった。

私はおぼえていた。この道もこの曲り角も、この家も。私の家はすぐ眼近《まぢか》にあり、その前で中国人の子供たちが遊んでいた。

「おりていいですか」

「とうぞ。とうぞ」

友人は車に残り、私はカメラを肩にかけて自分の昔の家の前にたった。子供たちが近くから私を珍しそうに眺めていた。家は私が長い間思っていたほど大きくなかった。塀も小さかった。でもそれは確かに私の住んだ家だった。赤い屋根も赤煉瓦の塀もすべて記憶があった。そして家の前のアカシヤの並木があまりに老いていた。

(年とったな。あんたも俺も)

アカシヤの幹をいたわるようにさすりながら私はひとりで呟《つぶや》いた。私も年をとり、この樹も年をとったが、この樹は私とちがって四十五年間、この場所から一歩も動かなかったのだ。お前はここで四十五年を過したのか。そう考えた瞬間、胸に小学生時代のこの樹に結びついた思い出が走馬燈《そうまとう》のように流れはじめた。死んだ兄たちがこの木をベースにして野球をしていた光景が。犬のクロが片足をあげて放尿していた姿が。そして母が。早川エミ子が。

通訳の青年やこちらを距離をおいて見つめている中国人の少年たちにわからぬよう、私は幹にあの五つの文字を探した。なぜか文字は消えていた。しかし黒い、老いた幹をさする私の指はたしかにその五文字を感じた……

大連は一九五一年に旅順市と合併、作中にあるように旅大市となったが、一九八一年に名称を旧に戻した。 編集部

還《かえ》りなん

夏の日差しの強い午後、府中の石材店で新しい墓石を注文した。

半月前に死んだ兄を、同じ府中のカトリック墓地にある母の墓に埋めるためだ。母の墓があまりに小さいので、これを機会に作りなおすことにしたのである。

「じゃあ、もう一度」半袖《はんそで》シャツの太い腕を掻《か》きながら石材店の主人は、「おっ母《か》さんの御遺体、掘り出しますよ」

三十数年前、母が死んだ当時は、彼女の信仰していたカトリックでは火葬を禁止していた。だから母の遺体は焼かずに棺に入れたまま、このカトリック墓地に運んだ。その棺を人夫の掘った暗い穴のなかに入れ、兄と私とが土をかけた。その頃、私は学生だったし、兄も貧しかったから小さな墓しか作ってやれなかったのである。その兄も今年死に、遺族と私とは母の墓を建てなおし、兄の骨壺《こつつぼ》もそこに入れることにした。

「掘り出すというと遺体はどうするのですか」

「土葬だったからまず警察に届けてね。火葬場であらためて焼いてもらいます。それから、新墓地が出来るまで、仏さん、お宅があずかってくださいな」

こわかった。三十数年ぶりで母の遺体が土のなかから現われる。もう骨だけになった彼女の姿を見るのは怖《おそろ》しい気がする。聖書のラザロの復活ではないが、ふたたび母が陽の光のなかに起きあがり、昔のように今日までの私の信仰うすき生き方を指さしてとがめてくる気さえする。

暑い日差しのなかを、少したじろいだ気持で家に戻った。食堂で妻と妻の従姉《いとこ》とが西瓜《すいか》をたべていた。

「痩《や》せましたね」

従姉は妻の眼くばせに気づかず、無遠慮に私の体をじろじろ見まわして気になることを口に出した。妻は急いで話題をかえた。

「お墓のこと、どうでした」

私は、墓石は頼んだが、お袋の遺体を掘り出すことになったとぼそぼそと答えた。

「それを火葬場でもう一度焼かなくちゃいけないんだ」

「へえ、カトリックでは土葬。知らなかったわ」と妻の従姉は一寸《ちょっと》、蔑《さげす》むように「なぜ」

「復活があるからなの。でも今じゃ火葬にしてもいいことに変ったんだけど」

復活という言葉を聞くと従姉は、まやかしの品物でも見るような眼つきで私をじっと眺めた。もし母がここにいたら断乎《だんこ》として復活についての彼女の信念をぶちまけるだろうと思いながら、それができぬ自分を感じた。

「ねえ」と妻はまた話題を変えて「姉さんが頼みがあるんですって。犬を盗みに行ってほしいって」

「犬を盗む」びっくりした私は「俺が……」

「ええ、そうよ」従姉は平然としていた。「とってもとっても可哀《かわい》そうな犬よ」

話はこうだった。従姉の家のすぐ近くに女房と死にわかれた左官屋がいる。酒癖がわるい上に細君の飼っていた犬を毎晩、叩《たた》くのだそうである。犬は一日中、綱につけられ、散歩にも連れて行かれず、食事もろくに与えられていない。だから夜になるとしきりに鳴くが、そのたび毎《ごと》にまた殴られるのだ。

「あんまりあわれだからね。私、二、三度、御飯を持っていってやった。何しろ猫と同じようにニャアと鳴けと命令して、それができないからと言って叩いているんだから、むごいじゃないの」

「誰も何も文句を言わないんですか」

「言ったわよ。そしたら、すごむの。あの左官屋」

「でもこのぼくがなぜ盗まなくちゃならないんです」

「だって、そうでしょ、お宅じゃ、昨年、犬を亡《な》くしたじゃないの。犬小屋だってまだあるし、二人とも犬好きなんだから。え？ わたしの家？ 駄目駄目。近所だからすぐ盗んだことがわかるし、猫が二匹もいるんだし」

彼女の言う通り、眼の前の庭にはまだ犬小屋がぽつんと置いてある。その犬小屋で寝起きしていた老犬は十四歳になった時（犬の十四歳は人間の八十歳ぐらいだそうだ）老衰とヒラリヤとで、コスモスの花のなかで居眠りをしたまま息を引きとってしまったのである。私は、彼を庭に埋め、その上に白木蓮《はくもくれん》の苗を買って植えた。

「申しわけないけど……あの犬小屋にあの犬を飼ってやってくれないかしら」

従姉は食堂から見えるペンキのはげた犬小屋に視線を移しながら今度は低姿勢になった。私は母がここにいたら、飼えないものは飼えないとはっきり断わるだろうと思った。

「でも、盗むと言うのは……」

「大丈夫。盗み出すのはわたしと近所の奥さんとでやるから。あなたたちは車で運んでくれればいいの」

「もし、見つかったら、どうするんです」

「見つかりなんかしないわよ」

私と妻とは結局、押しきられた形になったが、私の気の弱さと好奇心の強さとが従姉の強引に持ちこんだこの話を承諾させてしまったのだ。

「兄貴の供養《くよう》のためにも、その犬を助けてやろう」

と自分に弁解するように妻にそう言ったが、しかしカトリックだった兄の供養のため、他人の犬を盗むのは矛盾しているような気がしないでもない。
三、四日たった夜、従姉から今夜、決行するという電話があって、晩飯をすますと、妻の運転する車でわが家から高速で四十分ほどの伊勢原まで出かけた。従姉は主人を亡くしたあとも伊勢原に住み、お茶の先生をしているのである。車の中には、万一、犬が吐くのを予想して新聞紙を一面に敷き、大きな風呂敷《ふろしき》とドッグフードとポケット・ウイスキーを用意した。ポケット・ウイスキーは勇気を出すため、大きな風呂敷は誰かに発見されかかった時、犬にかぶせるためである。
「お袋の遺体を掘り出す話だが……」

東名道路を走っている時、運転している妻の背を見ながら私は話しかけた。

「その時、立ちあったほうがいいかな」

妻は少し沈黙していたが静かに、

「こわいのね、あなた」

返事をしなかった。こわいことはこわいが、それだけでもないのだ。骨だけに変ってしまった母を見るのは彼女にたいする冒瀆《ぼうとく》のような気がする。母だって、そんな、露《あら》わな姿を息子の眼に曝《さら》したくないだろう。

「行きましょうか、わたしが」

「いや、やはり俺が行く。明後日《あさって》から九州に出かけるだろ。帰ったら石材店に電話をする」

発掘された古墳の内部がまぶたに浮かんだ。何かのグラフでそんな写真を見たことがあるが、両手両脚を少し歪曲《わいきょく》させた骸骨《がいこつ》が地面に半ば埋っている。母もそんな姿で地面からあらわれるのだろうか。彼女の人生の苦しみは死んだ兄と私とが一番よく知っていた。彼女の強い信仰も死んだ兄と私とが一番よく知っていた。その苦しみや信仰や人生をすっかり剝《は》ぎとった骸骨の彼女を見たいとは思わなかった。

伊勢原の従姉の家につくと、彼女と共謀者の近所の奥さんは、登山帽に似た帽子をかぶり、男ものズボンをはき、手袋までつけて待機していた。一匹の犬を盗み出すのに、なぜこんな大掃除か全学連の学生のような姿をするのかわからない。二人を車に乗せてしばらく走った。問題の左官屋の家近くで奥さんが車をおり偵察に出かけたが、間もなく息をはずませ戻ってくると、いないわよと声をひそめた。男として手伝わぬわけにもいかぬので、まずウイスキーをあおり、従姉のあとに従《つ》いていく。路《みち》は静まりかえり、左官屋の小さな平屋は電燈《でんとう》もつけず無人である。奥さんが大胆にも、こわれた生垣の間から肥《ふと》った体を入れると、犬の鼻を鳴らす音と鎖のなる音が闇《やみ》のなかから聞えてきた。彼女は用意してきた綱を犬の首輪に結び、その綱の端を生垣のこわれ目から私に手渡した。

「早く出して、ください」

「出てこないんです、出てこい。こら」

怯《おび》えた犬が足をふんばっているのだ。

「出てこい、こら」

「ちょっとォ。大きな声、出さないで」

瘦せこけた犬は尾をすぼめ、首でも切られるように頭をさしのべて、蜘蛛《くも》の巣だらけになった私の手でずるずると引きずり出された。引きずり出されたその頭を従姉はなでながら猫なで声をだした。

「本当に可哀そうだったねえ。これから撲《ぶ》たれないですむんだから」

彼女が犬に話しかけているのではなく、私に言いきかせているのはよくわかった。長居は無用、犬を車中に押しこみすぐ車を出す。従姉と奥さんとは肩で息をしながら、しきりに自分たちの善行を話しあっている。彼女たちを街灯のあかるい辻《つじ》でおろし、私と妻とは一目散に東名道路に逃げた。ウイスキーを飲みながら、片手で犬の体にさわると、湿って、痩せこけ、震えていた。

翌朝、庭に出ると、死んだ犬の住んでいた犬小屋の前で、犬はいじけた眼で私を見あげた。しかしよほど空腹なのかドッグフードをやるとアルミの皿を鼻面《はなづら》でふりまわしながら食べつくした。額に傷の痕《あと》があってこれは左官屋に叩かれた場所らしい。

この犬のことをかまう間もないうちに、九州に取材に出かけた。島原半島の一角に十六世紀の終り宣教師たちの創立した神学校があって、そこを卒業した日本人たちの何人かを前から気にしていたのだ。彼等の一人はミゲル西田と言って、切支丹《キリシタン》迫害の日本からフィリッピンに逃げ、そこの日本人町で同宿（伝道師）をやっていたが、ふたたび日本に戻って死んだ。そのミゲル西田のふるい手紙が出てきたと言うので私はそれも見ておきたかったのである。

日差しのつよい長崎で、手紙のことを知らせてくれた長崎放送の大辻さんと会った。

大辻さんは昔から何かと世話になってきた知人だった。

「平戸の松野という旧家から発見されたとですよ。もう上智《じょうち》大学のJ先生も長崎のP神父さんも調べにこられましたがね」

大辻さんは私を放送局のそばの寿司屋《すしや》に連れていくと、椅子《いす》に腰かけるなりポケットから封筒を出してみせた。なかには問題の手紙の写真が二枚、入っていたが、写真でも蚯蚓《みみず》のような虫食いの痕がよくわかった。「一ふで申入、仍而《よって》こゝもと何事なくそくさいにて参候」までは判読したが、そのあとが続かず、唇についたビールを手でふいて考えていると、大辻さんが助け舟を出して「日本には帰り度《た》く在候《そうら》へ共、かなはぬ夢に候へば……」

「どうやら、これはミゲル西田がまだ帰国できなかった時の手紙ですね」

「そうです」と大辻さんはうなずいて「P神父さんも一六三〇年頃の手紙であろうと言うておられました。彼が能古島《のこのしま》に密入国をしたのは一六三一年ですもんね。能古島に行かれたことのあるとですか」

「あります」

博多湾のあの小さな島には一度、出かけたことがある。春、私がそこを訪れた時は花見の客でいっぱいで、石ころが多い海岸には空鑵《あきかん》や弁当の空箱が散乱してきたなかった。その能古島ちかくにミゲル西田はフィリッピンから中国人のジャンクでたどりつき、暗夜、上陸したのだ。その後、彼は長崎に潜伏している。そしてその潜伏が背教信徒の密告によって発覚すると、烈《はげ》しい嵐《あらし》をおかして逃亡、茂木《もぎ》の山で行き倒れとなり死んだのだ。

「彼のことば」と大辻さんは箸《はし》を動かしながら、「来年は書かれるとですか」

「まだわからないんです。何しろ、資料不足で」

「テーマは何です」

「色々、ありますけど……」

言葉を濁して私は泡のついたビールのコップを見つめた。

「なぜミゲル西田が日本に戻ったのかも気になりましてね。戻ったって何時《いつ》かは摑《つか》まり、殺されることを承知していながら彼は死場所を求めて帰っている。彼だけじゃない。海の外に追放された切支丹にはそんな連中も多いんです。それがわからない」

「今から出かけてみますか」大辻さんはそう言って急に立ちあがった。「ミゲル西田の死場所だった茂木の山に」

昼すぎの思案橋のあたりは溶鉱炉の火のように烈しい日差しのなかで人と車とで混みあった。大辻さんの運転するカローラは背後の山を登っていった。十数年前、私がこの街を始めて訪れた頃は、人家はあまりなかったが、山腹はその後、訪れるたびに新建材の住宅が増えつつある。この山を越えると、入江と茂木の小さな漁港が見おろせる。茂木は戦国時代、切支丹大名の大村純忠《すみただ》がイエズス会に与えた土地である。人はあまり知らないが、それは日本にできた最初の植民地だった。

「ぼくら子供の頃、茂木まで枇杷《びわ》のなかを汗ばふきふき山越えばして泳ぎに行ったとです」

茂木の山は枇杷畠《ばたけ》が多い。車から覗《のぞ》くと、段々畠に枇杷の葉が烈しい光を受けて油のように赫《かがや》いていた。

「あの男は茂木から舟で天草にでも逃げようと思うたですかねえ」

入江が針をまき散らしたように光り、沖に漁船が二隻《せき》、平和に浮かんでいる。水平線に天草の島が霞《かす》んでいる。だがミゲル西田がここを歩いた時はすさまじい嵐だった。この峠を越えたミゲル西田が何処《どこ》にひそむつもりだったかはわからない。日本中の何処に逃亡しても所詮《しょせん》、つかまることは知っていただろう。フィリッピンに残っていれば人々に愛され、静かに生きられたのに、この男はやっぱり日本を死場所として戻って来た。

「あれが昔からの道です」大辻さんは枇杷の樹《き》の影を黒く落した道を指さし、「あの道を西田も伝って逃げたとでしょう」

私が最後の息を引きとる場所はどこか決っているのにその場所を前もって私は知らない。でも私もその場所に必ず行くだろうとぼんやり考えた。

翌日、島原半島をまわり、陽に焼け、汗まみれになって帰京した。空港からタクシーで家に戻ると、庭においた犬小屋が消えていた。

「犬は」

玄関で手さげ鞄《かばん》を妻にわたして訊《たず》ねると妻は鞄を胸にかかえたまま、

「それが……逃げたのよ」

「逃げた？」

「あなたが旅行に出たその夜。綱をはずしていなくなったの。随分、探したんだけど」

「伊勢原の姉さんに知らせたのか」

「ええ。やっぱり機嫌悪かったわ」

犬なら——特に雑種の犬ならどんな奴《やつ》でも好きだが、あのいじけた犬はどうも好感が持てなかった。そんな私の気持を感じて、あの犬も姿をくらましたのかもしれない。

四日後、従姉から連絡があった。逃亡した犬はまたあの左官屋の家に戻っていたのである。左官屋は相変らず犬を一日中、鎖でつなぎ、酔っぱらって叩いていると言う。「どうして帰れたんでしょう」妻は驚いていた。「どうして帰り道がわかったんでしょう」

犬は苛《いじ》められるのを知りながら元の飼主の家を四日間、探し歩いたのだ。ミゲル西田も迫害を覚悟でわざわざフィリッピンから死ぬために帰国した。枇杷の影がくろぐろと落ちた細い旧道がまぶたに甦《よみがえ》る。

カトリック墓地の待合所で一人、待っていた。窓の向うに拡《ひろ》がる六百坪ほどの敷地に木や石の十字架が行儀よく並び、その真中に聖母マリアのピエタの像が建っていた。十字架には遠い国から来て日本で死んだ外人神父や修道女の墓もある。それぞれ墓には聖書の言葉やラテン語の祈りが刻みこまれていた。

十一時頃で、白い円盤のような太陽の光が強くなった時間だった。石材店の主人が連れてきた人夫が熱心によごれた作業ズボンとランニングのままでシャベルを動かしているのが見える。墓地の地面は柔かいのか、思っていたより早く、人夫の下半身が土中にかくれていった。

どうしてもその場所に立ちあう勇気はなかった。掘りあげられた土の底から母の骸骨が姿を見せる瞬間を耐えられそうにもなかった。だから私は人夫が作業している間、錫《すず》を溶したような光のさしこむ待合室で椅子に腰をかけていた。眼の前には灰色の骨壺と箸とがおいてあり、錫を溶したような光は骨壺と箸にもさしていた。骨壺と箸を見ながら、不意に私は半月前、火葬場で同じような箸を使いながら火葬炉からとり出された兄の骨を骨壺に入れた瞬間を思い出した。兄の骨はそれがどこの部分かわからぬほど小さく、ばらばらになり、あるものは乳白色、他のものは少し焼け焦《こ》げて褐色味を帯びていた。「主よ。彼の魂を救いたまえ。彼の安らかに憩わんことを」私のかたわらで神父がひくい声で祈りを唱えつづけていた。そして妻と同じ骨を箸でつまみ、それを骨壺に入れた瞬間、自分は遂《つい》に一人になったという思いが胸を突きあげてきた。

それは兄が生存中は死と私との間に彼が入っていてくれたのに、今、その兄は消え、黒々と死は私の前に立ちはだかってきたという感覚だった。私は子供の時から父母の離別のため、この母と兄とだけにあまりに結びついて生きてきた。その母と兄とが死んだ現在、一人、とり残されたという気持が強く起った。

眼を窓に向けると、人夫の動きがのろくなっていた。やがて彼はシャベルを盛土に突きさし、手拭《てぬぐい》でゆっくり顔の汗をぬぐった。それから光った逞《たくま》しい肩をこちらに向け、大きな篩《ふるい》を手にしてふたたび穴のなかに身を入れた。この動作で、母の遺骸が土中から今、あらわれ、彼が今、骨を集めるのだと私にもわかった。「安らかに《レクイエスカト》……眠らんことを《イン・パーケ》」という祈りが私の唇から衝《つ》いて出た。両手を膝《ひざ》において兄の骨を拾った時と同じこの祈りを口のなかで唱えた。

五分たった。十分たった。やっと人夫は穴から立ちあがり、篩をシャベルの横においた。地面に這《は》いあがった彼はまぶしそうにこちらを見つめたが、ゆっくりと待合室の方角にやってきた。

「終ったよ」と彼はぶっきら棒に言った。「骨壺、持ってきてください」

陽光が額を刺した。私は人夫のあとを十字架と十字架との間の道を通って母の墓まで歩いた。盛土の上においた篩の底に腐蝕《ふしょく》した木片に似たものがかたまっていた。私は息をのんだ。それが三十数年間、埋っていた母だった。

「すみません……でした」

私のこの声を人夫は礼の言葉と受けとったのか、いやと無愛想に答えた。すみません……でした、骨に向って私は心のなかで繰りかえしていた。泥のなかで、錆《さ》びた木片のようなものに変った彼女は火葬場での兄のまあたらしい乳白色の骨とはあまりに違っている。これが母の信仰と人生とがこの地上に残したただ一つのあわれな残骸か。

箸を動かし、骨壺のなかにその一片を落すとかすかな音がした。人夫は盛土に突きさしたシャベルに両手をおいて、私の動作の終るのをじっと見ていた。

「もう、いいかね」

うなずいて立ちあがると眩暈《めまい》がして足が少しよろめいた。盛土の上から古井戸のような暗い穴を私はしばらく見おろした。この穴のなかに三十数年、母は埋められていたのだ。間もなく兄の骨壺もそこにおさめられる。

骨壺を白布で包み人夫と一緒に墓地のすぐ近くにある石材店に行った。石材店の主人が私を車にのせて火葬場まで連れていってくれる手筈《てはず》になっていた。

主人は出先からまだ戻っていなかったから、花崗岩《かこうがん》の墓石や燈籠《とうろう》や地蔵さまが並んでいる庭の石材に腰かけ、彼の帰りをしばらく待った。膝においたこの骨壺は兄のそれよりもずっしりとした重さがあるような気がする。体も小さく背の低かった母の骨がなぜ、こんなに重いのかと、暑くるしい白っぽい空を見ながらぼんやり考えた。それはこの齢《とし》まで持ち続けた母にたいする私の偏愛と愛着のためにちがいなかった。母は私にとって必ずしもやさしい女ではなかった。むしろその孤独な生活や信仰の烈しさのため、惰弱でぐうたらな私は幾度となく苦しまされた。学生の時、私はそんな母に耐えきれず彼女と離婚をした父親の家に逃げたことさえある。だが父の家に住むと、私は母を見捨てたという悔いに悩まされつづけた。

（でも結局は俺も、同じところに埋められるわけだ）

と私は膝の上の骨壺に囁《ささや》いた。そして先ほど見た丸い深い、そして暗い穴のことを思いだし、あそこが私が永遠に母や兄と住む場所だと考えた。

車の音がして石材店の主人が帰ってきた。

「警察から許可をもらってきたんでね」

土葬を掘り出すのは警察の許可がいる。その証明書がなければ火葬場では遺骸は焼いてくれないそうだ。

「そうそう」

彼は私を自分の車に乗せる前に急に思い出したように、

「墓碑ができているけど、見ますかね」

主人は私を並んだ燈籠の背後にある小さな作業場に連れていくと、鉢巻をして働いている二人の青年に何かを命じた。青年たちは真新しい黒く光った墓碑を運んで地面においた。あたらしい墓のそばにこれを建てるのである。

墓碑の右端にまず母の名と死亡した日とが刻みこまれている。横に兄の名と死亡年月日も彫られていた。何かなつかしいものを見るように二人の名を眺めたが、その横が大きく大きくあいているのに気づいた。そう……その横にいつかは、私の名も刻みこまれるだろう。

付記

本書は、二〇二〇年に発見された「影に対して」を中心に、母をめぐって書かれた著者の作品から編集部がセレクトしたものです。各作品間には、実際の出来事に材を取りながら、家庭の状況などについて食い違う記述があります。

少し年譜ふうに記しますと――

遠藤周作は一九二三年三月二十七日、東京市巣鴨で父・常久《つねひさ》と母・郁《いく》の間に生まれた。二歳年上の兄・正介《しょうすけ》との二人兄弟。二六年、父の転勤に伴い、満洲大連へ移る。三三年、両親が離婚。母は周作と正介を連れて帰国し、兵庫県西宮市に居を構えた。三五年、母がカトリックへ入信、次いで子どもたちも受洗する。四二年、浪人中の周作は、折から海軍に入隊する兄と相談の上、経済的事情を理由に、母と暮らしてきた家を出て上京することを決意。既に帰国し、再婚していた父と同居するようになる。戦後、母もまた上京したが、五三年に急逝《きゅうせい》した。周作が亡《な》くなったのは、九六年九月二十九日のことである（山根道公《みちひろ》氏作成の「年譜・著作目録」〈『遠藤周作文学全集15』所収、新潮社刊〉による）。

しかし、右の伝記的事実は事実として、読者の方々にはまず何よりも、著者が長い時間をかけて、少しずつ変化や深まりを見せながら、母について書き継いだ作品群を味読していただければ幸いです。

編集部

解説

朝井まかて

司祭の葡萄《ぶどう》色の眼。誰かが剝《は》ぎ取った写真の糊跡《のりあと》は乾いて汚い灰色。空は古綿を詰めたように低く、満洲大連の町は凍《い》てつき、ペチカの煙が雪を黒く汚す。海も黒く塗りこめられている。

この『影に対して　母をめぐる物語』に収められた六つの短編には翳《かげ》が漂っている。自然描写は場面の装飾ではなく心象そのものだ。ゆえに影は儚《はかな》く、怒りの表現でさえうら淋《さび》しい。

その中で鮮やかに発する色があって、それが赤だ。血の赤。

主人公の母はヴァイオリンの稽古《けいこ》に打ち込んでいる。同じ旋律を何時間も繰り返し弾き続けるために、ヴァイオリンを挟む顎《あご》と首が充血して赤く変じるほどに。指先から鮮血が迸《ほとばし》ろうと、たった一つの音を一心不乱に探り続ける。少年が学校から帰っても稽古中の母は「お帰り」の一言も与えず、振り向きもしない。拒絶された少年は母にまとわりつく。なにか、くれない？　ねえ……欲しいのは母のぬくもりだ。けれど母は我が子であっても、芸術への闖入《ちんにゅう》を決して許さない。この条《くだり》を読んだとき、ふと憶《おぼ》えがあると思った。

本書の作品群に登場する「母」は遠藤周作が実母・郁《いく》をモチーフにしたもので、一八九五年に岡山に生まれた郁は東京音楽学校のヴァイオリン科で学んだひとである。師事したのはアレクサンドル・モギレフスキー、そこに幸田露伴の妹の安藤幸《こう》もいた。露伴の娘・幸田文《あや》が叔母の姿を記していて、何十年も前に読んだので記憶は曖昧《あいまい》だが、その稽古、演奏会の姿は明治の女性の烈《はげ》しさを放射していた。その印象がぴたりと郁の姿に重なった。

芸術の追求のためには我が子の手を払いのけることのできる女性。現代であればまだ理解もされようが、大正から戦前の昭和にあっては本人も家族もいかほど息苦しかったことか。まして主人公の少年は、他の多くの男の子と同じく母親を求めてやまない。けれど背を向けられる。自分と母の間に立ち塞《ふさ》がって分つものは目に見えぬ、神とも魔物ともいうべき芸術だ。母を欲して満たされぬ心は、長じてなお癒《い》えぬ終生の「傷」となった。恨みや憎悪《ぞうお》ではなく受身の傷であることに少年の哀《かな》しさがある。

遠藤周作の実人生においては十歳の時に両親が離婚、満洲からの帰国後、母がカトリックの洗礼を受けたことで周作少年も無自覚に洗礼を受けた。講演や対談では、飴《あめ》でももらえるかと思って教会に行ったら頭から（洗礼の）水をぶっかけられた、などとユーモラスに語っている。だが当時の彼はまさに宗教二世だ。以前ほどの熱で音楽の追求を行なわなくなった母は、その空隙《くうげき》を埋めるかのように信仰にのめりこんでいく。少年はまたも母親を奪われた。けれど母が望む敬虔《けいけん》な信徒にはなれず、勉学にも身が入らない。母を裏切っているという罪の意識が芽生え、それがまた傷になった。大人から見れば微笑《ほほえ》ましい小さな悪事、逸脱も、母と神へのうしろめたさとなる。

だが遠藤が母と暮らしたのは十年に満たず、経済的な事情を理由に母の家を出て上京、再婚していた父と同居したため、母と会う機会は間遠になった。のちに母が亡《な》くなったとき、そばに誰もいなかったという事実がまた傷になった。

――私の母は一人で死んだ。この頃、私は母の孤独にやっと気がつき、その孤独に無力であったことに泪《なみだ》をながすのである。（「没後25年記念企画展　遠藤周作　母をめぐる旅――『沈黙』から『侍』へ」）

一九六一年九月の日記の記述で、周作少年は三十八歳になっている。母・郁が亡くなったのは一九五三年、遠藤が三十歳のときだ。母の死の翌々年に「白い人」により芥川賞を受賞、一九五七年には「海と毒薬」を発表して高い評価を受けた。だがこの日記の頃、彼は病床にあった。前年に健康を害して入院するも恢復《かいふく》がかなわず、三回にわたる肺の手術を受けている。死の予感、不安に苛《さいな》まれながら病室の天井を見つめれば、母の死が妙に生々しく胸に迫ってきたのではないだろうか。母の孤独も己の無力も。悔恨と自責の念は長年の傷をさらに抉《えぐ》った。母の指先から迸った同じ血の赤が、息子の傷からもどくどくと噴き出て止まらない。

このとき、彼は神に祈《パライソ》ったただろうか。母の魂の安からんことを。この世で獲得し得なかった魂の安息を天国でこそ。それとも、彼は嚙《か》みつくようにして問うただろうか。神よ、あなたが真実存在するならば教えてくれ。より善く生きよう、より美しく生きようと願って信者になった母の幸福は、いったい奈辺にあったのか。

ようやく体力を回復した遠藤は『わたしが・棄《す》てた・女』を連載、刊行した。

この作品に出会ったとき、ミッちゃんの聖性よりも主人公の残酷に心を揺さぶられたことを私は明瞭《めいりょう》に憶えている。小説はここまで書くものなのかと、十代の少女が気づいた瞬間だった。愉楽としての読書とは異なる別の音律に気づいて、胸の奥底が鳴り止《や》まなかった。今、自身が小説家となってなおのこと、あの動悸《どうき》は一つの啓示でもあったように思う。美しいもの、雄々しいものを描くのは書き手も心地がよいものだ。無惨に薄汚れて救いがないものを描く筆は重い。心がつらい。遠藤周作も講演でこんなことを言っている。

——だって、考えてごらんなさい。美しいものとか、魅力のあるものに心を惹《ひ》かれるのは馬鹿《ばか》でもできますけど、色あせたもの、くたびれたもの、見飽きたものに心惹かれるとか、保有し続けるとかって、才能と努力と忍耐がいるでしょう？（会場笑）

（『人生の踏絵』）

私はまだ、己の傷口に指を突っ込んで掻《か》き回すことができていない。傷も秘密もたくさんあるのに、才能と努力と忍耐が足りないのである。けれどいずれは書くのだろう。小説家は心の闇《やみ》に潜って泳ぎ回って、気がつけば「砂の上の魚」のごとく口を半分開いて、のたくるものだから。

遠藤があの『沈黙』を刊行したのは『わたしが・棄てた・女』の二年後、四十三歳のときだ。殉教した強き者ではない、裏切り者の惨《みじ》めさと弱さを描いた。この作品を読んだとき、私は十七歳だった。そして今も、インタビューで心に残る小説を何冊か訊《たず》ねられれば一冊は必ず『沈黙』と答える。読んで何かを得るというよりも、大きく投げ出された衝撃が大きかった。わたしは踏むだろうか。誰かのために生涯の汚名を引き受けられるだろうか。その問いは私の心に滑り込んで棲《す》みついてしまった。

——その時、踏むがいいと銅版のあの人は司祭にむかって言った。踏むがいい。お前の足の痛さをこの私が一番よく知っている。踏むがいい。私はお前たちに踏まれるため、この世に生れ、お前たちの痛さを分つため十字架を背負ったのだ。（『沈黙』）

ここで示されたイエスは「母」であると、批評家の江藤淳《じゅん》は看破した。

――ここには「あの人」が男性であることを示すなにものもない。いわんや「あの人」の背後に「父」を見ようとするどんな視線もありはしない。が、皮肉なことに、だからこそこの個所は切実であり、読者の肺腑《はいふ》をえぐるのである。（江藤淳『成熟と喪失―〝母〟の崩壊―』）

評には厳しい断定も含まれるが、遠藤自身は後年の対談の中で「さすが江藤さん、やっぱりここに注意を払われたなという、ここを見ぬいたなという感じはしましたね」と語っている。

――ですから私は後になって「日本人と母」とかいうことで書いたこともありましたけれども、そういう観念的なものでなくて、いまおっしゃったように〈母なるもの〉を経験したというか、この部分は思想じゃないんですよ。無意識なんです。（遠藤周作／佐藤泰正《やすまさ》『人生の同伴者』）

無意識。おこがましいが私にも覚えがあって、批評なり感想なりを受けて初めて、そうと気づくことがある。思いも寄らぬ指摘でも、的を射ているか否《いな》かは直観的にわかるものだ。たとえ腑に落ちずとも次作への課題にはする。でなければ、言われっぱなしになるではないか。遠藤の場合は、創作における無意識下のものに意識的になったように見受けられる。母に棄てられ（たと思い）、父に棄てられ（たと思い）、のちに自身も両親を否定することによって棄て返し、血を噴き続ける傷を胸底に抱えながら生きたのだ。

その傷こそが、数多《あまた》の創作の源泉となった。

さて。本書の表題作「影に対して」は、遠藤の没後、二〇二〇年に発見された未発表作品である。

発見後、「三田文学」二〇二〇年夏季号に掲載され、同年十月に単行本として刊行されたが、ここで素朴な疑問が湧《わ》く。なにゆえ、未発表だったのだろう。使用していた原稿用紙から一九六六年、四十三歳頃の執筆と推されている。ちょうど『沈黙』を刊行した年だ。無意識に〈母なるもの〉を経験した小説家として、今度はふと父に眼差《まなざ》しを移したのだろうか。

じゃあ、僕にとって〈父なるもの〉とは何か。

小説を通じて父への視線を持とうとしたのではあるまいか。離婚した頃の両親よりも年嵩《としかさ》になり、自身も子供の父親となった遠藤が、父と母と自分を巡った。ゆえに「影に対して」は、他の作品よりも遠藤自身の心が色濃く投影されているように思う。主人公は老いた父を冷徹に観察し、嫌悪と批判を波のごとく繰り返す。だが目の前の現実の父を通して、結句は母の影像をたぐり寄せることになる。もはやイエスや聖母に託することなく率直に、「母を見すてた自分がみじめで汚れて卑怯者《ひきょうもの》だ」と、少年の頃の主人公は吐露する。

こんなにも陰鬱《いんうつ》で、母の死顔には苦しげな翳が残っているのに、読む胸に響く音色は澄んでいる。それは小説の構造が美しいからだ。現時点と過去の時制が絶妙のリズムで移り変わる。かわるがわる、夢と現《うつつ》のように響き合う。音楽のように。

にもかかわらず、遠藤はこの作品を発表しなかった。なぜ。

あまりにも深い傷であったから？　否、すでに触れたように、遠藤はその傷に自覚的であり、弱虫の魂を創作の源泉にし得た小説家だ。さまざまな作品に分散させて書くことで昇華している。

ならば、なぜ。

一つには、あまりにも事実との距離が近かったのかもしれない。傷の泉から汲《く》み上げたものではなく、泉そのものを描いてしまった。創作性が薄いことに、小説家としてノオと首を振った可能性がある。

もう一つ考えねばならないのは、主人公の母のある事件だ。見当違いを恐れずに申せば、あれは実際に起きたことではなかったか。ゆえに息子の手で明かすことに逡《しゅん》巡《じゅん》し、原稿をしまい込んだ。

僕は書くことで事件への拘泥《こうでい》を浄化した。それでもう充分だ。けれど破り捨てることもしなかった。ひとたび書き上げた人物、世界はすでに存在して生きていることを小説家は思い知っている。

いや、大事なことは他にある。母・郁と同様、遠藤自身も基督者《キリストしゃ》であることを棄てなかった。ここに救いがある。基督教作家ではなく、あくまでも文学者として神と宗教を、信仰を思考し続けたのである。

そろそろ紙数が尽きそうだ。遠藤の講演なら「これからもっと面白いことを喋《しゃべ》るはずだったんですが残念です」と、おちゃめな目をしてニヤリと笑うところだ。

所収の他の作品に触れておくならば、「影法師」を挙げたい。この短編は書簡体を用い、「僕」が「貴方《あなた》」に向かって語りかけている。貴方とは、僕と母が指導を受けた司祭だ。彫りの深い美青年である司祭の顔は、「一年前ある長い小説を書」いていた僕が基督の顔をイメージするのに心に思いうかべた顔の一つであったと僕は語るのだが、私は『沈黙』の主人公ロドリゴにこそ「影法師」の司祭の影を感じる。もっと言うならば、ロドリゴの人物造形の祖形の一部であったのではないか。小説であるので周作少年の体験そのままとは言えないけれども。

すなわち、本書に収められた六編は他の作品群に長い光と影を投げかけている。ある作品の影となり、ある作品に対しては光となって照らす。私はそのことに瞠目《どうもく》する。本書を読んでから『沈黙』や『わたしが・棄てた・女』、『母なるもの』『侍』『死海のほとり』を再読、あるいは初めて読んでみると響きがより深まるだろう。

遠藤周作の仕事は自らの傷を抉りながら、歴史の闇に葬《ほうむ》り去られた人々に血肉を通わせ、声を与えた。まさに文学による〝復活〟である。

最後に、遠藤先生の至言の中で私が最も好きな言葉を読者に贈りたい。

人生をまるごと抱きしめろ。

（令和五年一月、作家）

この作品は令和二年十月新潮社より刊行された。なお、単行本に収録されていた「母なるもの」は新潮文庫『母なるもの』に収録済のため、文庫化にあたって外した。

表記について

新潮文庫の文字表記については、原文を尊重するという見地に立ち、次のように方針を定めました。

一、旧仮名づかいで書かれた口語文の作品は、新仮名づかいに改める。
二、文語文の作品は旧仮名づかいのままとする。
三、旧字体で書かれているものは、原則として新字体に改める。
四、難読と思われる語には振仮名をつける。

なお本作品集中には、今日の観点からみると差別的表現ととられかねない箇所が散見しますが、著者自身に差別的意図はなく、作品自体のもつ文学性ならびに芸術性、また著者がすでに故人であるという事情に鑑《かんが》み、原文どおりとしました。

（新潮文庫編集部）

遠藤周作著

悲しみの歌

戦犯の過去を持つ開業医、無類のお人好しの外人……大都会新宿で輪舞のようにからみ合う人々を通し人間の弱さと悲しみを見つめる。

遠藤周作著

沈黙

谷崎潤一郎賞受賞

殉教を遂げるキリシタン信徒と棄教を迫られるポルトガル司祭。神の存在、背教の心理、東洋と西洋の思想的断絶等を追求した問題作。

遠藤周作著

イエスの生涯

国際ダグ・ハマーショルド賞受賞

青年大工イエスはなぜ十字架上で殺されなければならなかったのか――。あらゆる「イエス伝」をふまえて、その〈生〉の真実を刻む。

遠藤周作著

キリストの誕生

読売文学賞受賞

十字架上で無力に死んだイエスは死後〝救い主〟と呼ばれ始める……。残された人々の心の痕跡を探り、人間の魂の深奥のドラマを描く。

遠藤周作著

死海のほとり

信仰につまずき、キリストを棄てようとした男――彼は真実のイエスを求め、死海のほとりにその足跡を追う。愛と信仰の原点を探る。

遠藤周作著

王国への道

―山田長政―

シャム（タイ）の古都で暗躍した山田長政と、切支丹の冒険家・ペドロ岐部――二人の生き方を通して、日本人とは何かを探る長編。

遠藤周作著

真昼の悪魔

大病院を舞台に続発する奇怪な事件。背徳的な恋愛に身を委ねる美貌の女医。現代人の心の渇きと精神の深い闇を描く医療ミステリー。

遠藤周作著

王妃 マリー・アントワネット（上・下）

苛酷な運命の中で、愛と優雅さを失うまいとする悲劇の王妃。激動のフランス革命を背景に、多彩な人物が織りなす華麗な歴史ロマン。

遠藤周作著

女の一生
一部・キクの場合

幕末から明治の長崎を舞台に、切支丹大弾圧にも屈しない信者たちと、流刑の若者に想いを寄せるキクの短くも清らかな一生を描く。

遠藤周作著

女の一生
二部・サチ子の場合

第二次大戦下の長崎、戦争の嵐は教会の幼友達サチ子と修平の愛を引き裂いていく。修平は特攻出撃。長崎は原爆にみまわれる……。

遠藤周作著

侍
野間文芸賞受賞

藩主の命を受け、海を渡った遣欧使節「侍」。政治の渦に巻きこまれ、歴史の闇に消えていった男の生を通して人生と信仰の意味を問う。

遠藤周作著

夫婦の一日

たびかさなる不幸で不安に陥った妻の心を癒すために、夫はどう行動したか。生身の人間だけが持ちうる愛の感情をあざやかに描く。

遠藤周作著

満潮の時刻

人はなぜ理不尽に傷つけられ苦しみを負わされるのか――。自身の悲痛な病床体験をもとに、『沈黙』と並行して執筆された感動の長編。

遠藤周作著

十頁だけ読んでごらんなさい。十頁たって飽いたらこの本を捨てて下さって宜しい。

大作家が伝授する「相手の心を動かす」手紙の書き方とは。執筆から四十六年後に発見され、世を瞠目させた幻の原稿、待望の文庫化。

遠藤周作著

人生の踏絵

もっと、人生を強く抱きしめなさい――。不朽の名作『沈黙』創作秘話をはじめ、文学と宗教、人生の奥深さを縦横に語った名講演録。

朝井まかて著

眩《くらら》

中山義秀文学賞受賞

北斎の娘にして光と影を操る天才絵師、応為。父の病や叶わぬ恋に翻弄されながら、絵一筋に捧げた生を力強く描く、傑作時代小説。

佐藤愛子著

こんなふうに死にたい

ある日偶然出会った不思議な霊体験をきっかけに、死後の世界や自らの死へと思いを深めていく様子をあるがままに綴ったエッセイ。

佐藤愛子著

私の遺言

北海道に山荘を建ててから始まった超常現象。霊能者との交流で霊の世界の実相を知り、懸命の浄化が始まる。著者渾身のメッセージ。

佐藤愛子著
冥界からの電話

ある日、死んだはずの少女から電話がかかってきた。それも何度も。97歳の著者が実体験よりたどり着いた、死後の世界の真実とは。

阿川弘之著
春の城
読売文学賞受賞

第二次大戦下、一人の青年を主人公に、学徒出陣、マリアナ沖大海戦、広島の原爆の惨状などを伝えながら激動期の青春を浮彫りにする。

阿川弘之著
雲の墓標

一特攻学徒兵吉野次郎の日記の形をとり、大空に散った彼ら若人たちの、生への執着と死の恐怖に身もだえる真実の姿を描く問題作。

阿川弘之著
山本五十六
新潮社文学賞受賞（上・下）

戦争に反対しつつも、自ら対米戦争の火蓋を切らねばならなかった連合艦隊司令長官、山本五十六。日本海軍史上最大の提督の人間像。

阿川弘之著
米内光政

歴史はこの人を必要とした。兵学校の席次中以下、無口で鈍重と言われた人物は、日本の存亡にあたり、かくも見事な見識を示した！

阿川弘之著
井上成美
日本文学大賞受賞

帝国海軍きっての知性といわれた井上成美の戦中戦後の悲劇――。「山本五十六」「米内光政」に続く、海軍提督三部作完結編！

北杜夫著
夜と霧の隅で
芥川賞受賞
ナチスの指令に抵抗して、患者を救うために苦悩する精神科医たちを描き、極限状況下の人間の不安を捉えた表題作など初期作品5編。

北杜夫著
幽霊
―或る幼年と青春の物語―
大自然との交感の中に、激しくよみがえる幼時の記憶、母への慕情、少女への思慕――青年期のみずみずしい心情を綴った処女長編。

北杜夫著
どくとるマンボウ航海記
のどかな笑いをふりまきながら、青い空の下を小さな船に乗って海外旅行に出かけたどくとるマンボウ。独自の観察眼でつづる旅行記。

北杜夫著
どくとるマンボウ昆虫記
虫に関する思い出や伝説や空想を自然の観察を織りまぜて語り、美醜さまざまの虫と人間が同居する地球の豊かさを味わえるエッセイ。

北杜夫著
楡家の人びと
（第一部〜第三部）
毎日出版文化賞受賞
楡脳病院の七つの塔の下に群がる三代の大家族と、彼らを取り巻く近代日本五十年の歴史の流れ……日本人の夢と郷愁を刻んだ大作。

大江健三郎著
死者の奢り・飼育
芥川賞受賞
黒人兵と寒村の子供たちとの惨劇を描く「飼育」等6編。豊饒なイメージを駆使して、閉ざされた状況下の生を追究した初期作品集。

三浦綾子著　嵐吹く時も

その美貌がゆえに家業と家庭が崩れていく女ふじ乃とその子ども世代を北海道の漁村を舞台に描く。著者自身の祖父母を材にした長編。

三浦綾子著　天北原野（上・下）

苛酷な北海道・樺太の大自然と、太平洋戦争を背景に、心に罪の十字架を背負った人間たちの、愛と憎しみを描き出す長編小説。

三浦綾子著　細川ガラシャ夫人（上・下）

戦乱の世にあって、信仰と貞節に殉じた悲劇の女細川ガラシャ夫人。清らかにして熾烈なその生涯を描き出す、著者初の歴史小説。

三浦綾子著　千利休とその妻たち（上・下）

武力がすべてを支配した戦国時代、茶の湯に生涯を捧げた千利休。信仰に生きたその妻おりきとの清らかな愛を描く感動の歴史ロマン。

三浦綾子著　夕あり朝あり

天がわれに与えた職業は何か——クリーニングの〔白洋舎〕を創業した五十嵐健治の、熱烈な信仰に貫かれた波瀾万丈の生涯。

加賀乙彦著　宣告　日本文学大賞受賞（上・中・下）

殺人を犯し、十六年の獄中生活をへて刑の執行を宣告される。独房の中で苦悩する死刑囚の魂を救済する愛は何であったのだろうか？

梅原　猛著

隠された十字架
―法隆寺論―
毎日出版文化賞受賞

法隆寺は怨霊鎮魂の寺！　大胆な仮説で学界の通説に挑戦し、法隆寺に秘められた謎を追い、古代国家の正史から隠された真実に迫る。

阿刀田　高著

旧約聖書を知っていますか

預言書を競馬になぞらえ、全体像をするめにたとえ――「旧約聖書」のエッセンスのみを抽出した阿刀田式古典ダイジェスト決定版。

阿刀田　高著

新約聖書を知っていますか

マリアの処女懐胎、キリストの復活、数々の奇蹟……。永遠のベストセラーの謎にミステリーの名手が迫る、初級者のための聖書入門。

阿刀田　高著

コーランを知っていますか

遺産相続から女性の扱いまで、驚くほど具体的にイスラム社会を規定するコーランも、アトーダ流に噛み砕けばすらすら頭に入ります。

梯　久美子著

散るぞ悲しき
―硫黄島総指揮官・栗林忠道―
大宅壮一ノンフィクション賞受賞

地獄の硫黄島で、玉砕を禁じ、生きて一人でも多くの敵を倒せと命じた指揮官の姿を、妻子に宛てた手紙41通を通して描く感涙の記録。

梯　久美子著

狂うひと
―「死の棘」の妻・島尾ミホ―
読売文学賞・芸術選奨文部科学大臣賞ほか受賞

本当に狂っていたのは、妻か夫か。夫の作家的野心が仕掛けた企みとは。秘密に満ちた夫妻の深淵に事実の積み重ねで迫る傑作。

G・グリーン
上岡伸雄訳
情事の終り
「私」は妬心を秘め、別れた人妻サラを探偵に監視させる。自らを翻弄した女の謎に近づくため――。究極の愛と神の存在を問う傑作。

B・シュリンク
松永美穂訳
朗読者
毎日出版文化賞特別賞受賞
15歳の僕と36歳のハンナ。人知れず始まった愛には、終わったはずの戦争が影を落していた。世界中を感動させた大ベストセラー。

ディケンズ
加賀山卓朗訳
大いなる遺産（上・下）
莫大な遺産の相続人となったことで運命が変転する少年。ユーモアあり、ミステリーあり、感動あり、英文学を代表する名作を新訳！

ディケンズ
加賀山卓朗訳
二都物語
フランス革命下のパリとロンドン。燃え上がる激動の炎の中で、二つの都に繰り広げられる愛と死のロマン。新訳で贈る永遠の名作。

ディケンズ
村岡花子訳
クリスマス・キャロル
貧しいけれど心の暖かい人々、孤独で寂しい自分の未来……亡霊たちに見せられた光景が、ケチで冷酷なスクルージの心を変えさせた。

ドストエフスキー
工藤精一郎訳
罪と罰（上・下）
独自の犯罪哲学によって、高利貸の老婆を殺し財産を奪った貧しい学生ラスコーリニコフ。良心の呵責に苦しむ彼の魂の遍歴を辿る名作。

影《かげ》に対《たい》して
母をめぐる物語

新潮文庫　え－1－40

令和五年三月一日発行

著者　遠《えん》藤《どう》周《しゅう》作《さく》
発行者　佐藤隆信
発行所　株式会社新潮社
郵便番号　一六二―八七一一
東京都新宿区矢来町七一
電話　編集部(〇三)三二六六―五四四〇
　　　読者係(〇三)三二六六―五一一一
https://www.shinchosha.co.jp

価格はカバーに表示してあります。

乱丁・落丁本は、ご面倒ですが小社読者係宛ご送付ください。送料小社負担にてお取替えいたします。

印刷・大日本印刷株式会社　製本・加藤製本株式会社

ISBN978-4-10-112340-0　C0193